异国的芬芳

钦差大臣

[俄罗斯] 尼古拉·果戈理 / 著

耿济之 / 译

江苏凤凰文艺出版社
JIANGSU PHOENIX LITERATURE AND
ART PUBLISHING, LTD

图书在版编目（CIP）数据

钦差大臣 /（俄罗斯）尼古拉·果戈理著；耿济之译．
-- 南京：江苏凤凰文艺出版社，2017.6
（异国的芬芳）
ISBN 978-7-5594-0548-7

Ⅰ．①钦… Ⅱ．①尼… ②耿… Ⅲ．①喜剧－剧本作品集－俄罗斯－近代②短篇小说－小说集－俄罗斯－近代 Ⅳ．① I512.14

中国版本图书馆 CIP 数据核字 (2017) 第 124068 号

书　　名	钦差大臣
著　　者	（俄罗斯）尼古拉·果戈理
译　　者	耿济之
责任编辑	黄孝阳　王　青
出版发行	江苏凤凰文艺出版社
出版社地址	南京市中央路 165 号，邮编：210009
出版社网址	http://www.jswenyi.com
印　　刷	三河市兴国印务有限公司
开　　本	880 × 1230 毫米　1/32
印　　张	8.75
字　　数	193 千字
版　　次	2017 年 6 月第 1 版　2021年 7 月第 3 次印刷
标准书号	ISBN 978-7-5594-0548-7
定　　价	48.00 元

目录

钦差大臣

出场人物

安东·安东诺维奇·斯克沃兹尼克—德姆哈诺夫斯基——市长。

安娜·安德列夫纳——其妻。

玛里亚·安东诺夫纳——其女。

罗加·罗基奇·赫洛博夫——学校视察员。

其妻。

阿莫司·费奥多罗维奇·利亚普金—贾布金——法官。

阿尔铁姆·费里帕维奇·宰姆略尼卡——慈善机关管理员。

伊凡·库兹米奇·施其金——邮政局长。

彼得·伊凡诺维奇·道勃钦司基——本城地主。

彼得·伊凡诺维奇·鲍勃钦司基——本城地主。

伊凡，阿历山大洛维奇·赫莱司达阔夫——彼得堡来的官员。渥西布——其仆。

赫里司强·伊凡诺维奇·基勃涅尔——县医官。

费道尔·安德列维奇·陆陆阔夫——退职的官员，本城的名流。

伊凡·拉扎列维奇·拉司达阔夫司基——退职的官员，本城的名流。

司铁彭·伊凡诺维奇·郭洛勃金——退职的官员，本城的名流。

司铁彭·伊里奇·乌赫魏尔托夫——区警察局长。

司维奇图诺夫——警察。

蒲果维城——警察。

台尔日莫尔达——警察。

阿勃杜林——商人。

费佛郎耶·彼得洛瓦·博施莱布金那——铜匠的女人。

士官的妻子。

米士卡——市长的仆人。

旅馆的仆人。

男女宾客们，商人，小市民，上访者。

性格与服装

（演员诸君注意）

市长，一个当官已到了老年，自以为很不愚蠢的人。虽好收贿赂，然而举止很正经；态度充分地严肃，甚至有点喜欢评理；说话不高不低，不多不少。他的每句话都会有意义。他的脸庞粗糙而坚韧，像每个从低小的职位上开始从事艰苦的职务的人一样。从恐怖转到快乐，从低卑转到傲慢是极快的，像具有粗暴地发展着的心灵倾向的人一般。他照例穿带勋章纽扣的制服和有踢马刺的长靴。头发剃短，已作斑白色。

安娜·安德列夫纳，他的妻子，从外省来的好卖弄风情的女人，岁数不很老，所得的教育一半靠小说和画册，一半则靠储藏室中和闺房内的一些杂乱事情。她有好奇心，遇有机会便暴露虚荣心。有时对丈夫实施权力，只是因为丈夫找不到回答她的话；但是这权力只限于琐碎的事情，不过是些责备和嘲笑的话。她在本剧的持续期间四次更换衣服。

赫莱司达阔夫，23 岁的青年人，身躯细瘦；有点愚蠢，所谓脑筋里没有主宰，——是衙门内称为最空虚的一类人里的一个。他的说话和行动没有一点考虑。他没有将持久的注意力停留到任何一个念头上面的能力。他说话是零落的，话语会完全出人意料地从他的嘴里飞出来。扮演这角色的人显出诚恳和平凡越多，便越见出色。他的衣着是时髦的。

渥西布，仆人，和平常年纪稍显老的仆人一样。他说话严肃，看人目光向下，好发议论，爱对自己讲为他的主人所说的教训的话。他的嗓音永远不慌不忙，和主人谈话的时候做出严肃的、急遽的，甚至有点粗暴的表情，他比主人聪明些，所以事情猜得快些，却不爱说许多话，是一个静默中的骗子。他的服装是灰色的或藏青色的破旧的长衫。

鲍勃钦司基与道勃钦司基，两个矮矮的、很好奇的人；容貌很相像；两人都有不大的肚腹，说话都很急，而且经常用姿势和手势做辅助。道勃钦司基比鲍勃钦司基稍高些，更严肃些，鲍勃钦司基则比道勃钦司基随便些、活泼些。

利亚普金一贾布金，法官，读过五六本书，所以有点自由思想。他喜欢猜测，所以对于每句话都加上分量。扮他的人必须永远在脸上保持别有深意的神情。他用低音说话，拉长着调子，发出嘶哑的、像犯鼻疽病似的嗓音，像古式的钟，先发出嘶声，然后再叩击。

宰姆略尼卡，慈善团体的管理员，很胖，转不过弯来，举止笨拙，但又好钻营，爱骗人。他很喜欢替人做事，老是张罗着。

邮政局长，老实到天真的地步的人。

其他角色毋须特别解释，他们的原型几乎永远可以在眼前找到。

演员诸君应该特别注意最后一场。最后说出的一句台词应该一下子，突然引起大家闪电般的震动。整班的人应该在一刹那间改变他们的姿态。惊讶的声音应该从所有女人的嘴里一下子迸发出来，好像从一个胸脯里发出来似的。如果不遵守这一点，整体的效果会因此消失。

第一幕　市长家内一室

第一场，市长，慈善机关管理员，学校视察员，法官，警局长，医官，警察两名

市　长　我请诸位来，告诉你们一件极不愉快的新闻：钦差大臣快到我们城里来了。

法　官　怎么，钦差大臣？

慈善机构管理员（下简称管理员）怎么，钦差大臣？

市　长　彼得堡来的钦差大臣，隐了姓名来的，还带着秘密的谕旨。

法　官　这真是糟了！

管理员　本来没有烦心的事，现在来了！

学校视察员（下简称视察员）哎哟！还带着秘密的谕旨！

市　长　我似乎有预感的！今天我整夜梦见两只特别的老鼠。这类的老鼠我真是从来没有看见过：乌黑的、肥壮的躯体！跑来了以后，嗅闻一下，——便走开了。我对你们念我从安德烈·伊凡诺维奇·赤梅霍夫那里收到的一封信。这位赤梅霍夫，您是认识的，阿

尔铁姆·费里帕维奇。这是他所写的:“仁兄、亲家、恩师尊鉴:”(用微语喃言,眼睛快速地转动)……“有事奉告……”啊!在这里:“现有一事奉告:近有大员奉谕来省视察,尤其注意我县情况。(手指向上竖起,带着极大的意义)虽然他自称是个普通人物,但我已经从可靠方面探闻其详。弟知吾兄办事有些小小的错误,这是任何人所难免,兄聪颖过人,送来之物不愿轻予放弃,”……(止读)这里是私事……“所以奉劝你,请一切处以谨慎:该大吏恐不久即赴贵城,且恐早已行抵,隐名居住某处,亦未可知……弟昨曾……”这下面是家务事情:“舍妹安娜·基里洛夫纳偕同妹丈抵此;伊凡·基里洛维奇体极胖,好弄弦琴……”这封信就是这样子。就是这个情形。

法　官　是的,这情形是不寻常的,很不寻常的。有点不大那个。

视察员　为什么?安东·安东诺维奇,这是为什么?钦差大臣到我们这里来做什么?

市　长　为什么?显然是命运如此!(叹)感谢上帝,以前尽到别的城里去,现在轮到我们头上来了。

法　官　我以为,安东·安东诺维奇,这里有细微的,多半是政治上的原因。这意思就是:俄罗斯……是的……想发起战争,所以部里就派官员来调查有没有造反的情形。

市　长　您怎么想到这上面去了!还是聪明人呢!在县城里会有造反的人!它是国境边上的城市吗?从这里出发,哪怕走三年也走不到外国去的。

法　官　不,我对您说,您不要这样……您不要……上司是具有精细的眼光的：不管远不远，它总要考虑到的。

市　长　不管考虑到，或是不考虑到，我是已经对诸位警告过的了。——我在自己方面已经做了各种安排，也劝你们做一下。尤其要劝您，阿尔铁姆·费里帕维奇！这位过路的官员一定先要视察您所管辖的慈善机关，——所以您应该弄得十分雅观；帽子要洁净，病人不能像铁匠一样，照旧穿着破旧的脏衣服。

管理员　这还不要紧。帽子大概可以戴得干净些的。

市　长　是的。还有，在每张床上要挂用拉丁文或别种什么文字写下来的牌子……这是属于您的部分，赫里司强·伊凡诺维奇，——上面标明病名：什么时候起病，哪一天，哪一号……你们的病人尽抽些浓烈的烟叶，这很不好。人一走进去，永远要打喷嚏的。最好是少弄些病人：否则会立刻认为管理不善，或是医官的无能。

管理员　关于治疗一层，我和赫里司强·伊凡诺维奇自有方法：越顺其自然越好，——我们决不用成本贵的药。一个人是很普通的：假使要死，总是要死的；假使要病好，就会病好的。赫里司强·伊凡诺维奇不大容易同他们解释：他一句俄国话也不知道。

医官发出一个有点像字母 e 的声音。

市　长　我也要劝您，阿莫司·费道洛维奇，多多注意法院的环境。在你们的厅堂里，时常有上访的人们来往，卫兵们竟养了一群家鹅，还带着小鹅，尽在人的脚底下钻进钻出。蓄养家禽自然是可以嘉奖的事情，为什么卫兵们不能蓄养呢？但是在这种地方是不大合适的……我以前就想对您提起，但是不知为什么竟忘记了。

法　官　我今天就吩咐把它们赶进厨房里去。您如果愿意，请过来吃饭。

市　长　此外，还有不好的地方，就是所有乱七八糟的破烂的东西就在你们的办公地方晒挂，纸柜上面还挂着一条打猎用的长鞭。我知道您爱打猎，但是最好把它暂时收起来，在钦差大臣走了以后，再挂上去。还有您的陪审官……他自然是行家，但是他身上有一股气味好像他刚刚从酿酒厂里出来似的——这也是不好，我早想对您说这件事情，但是不记得被什么事情打岔得忘了。假使果真像他所说的那样，他身上的气味是天生的，那是有方法可以治的：可以劝他吃些葱，或蒜，或是别的什么东西。赫里司强·伊凡诺维奇可以用各种药品帮他忙。

医官发出同样的声音。

法　官　不，这味道是赶不走的：他说在小孩的时候妈妈把他摔了一跤，从此以后，他身上就发出一点烧酒的味儿。

市　长　我只是对你们说说罢了。至于说到内部的情形和安德列·伊凡诺维奇信里所说的小疵，我没有什么话可说。而且说起来也奇怪：没有人身上不会有一点罪恶的。这是上帝自己安排[①]，那些自由派说着反对的话，并没有用。

法　官　您对于罪恶的看法怎么样？罪恶和罪恶不同。我对大家公开地说，我是收贿赂的，但那是什么样的贿赂

① 基督教教义：任何人都有“原罪”。——译者注

呢？那是一些小猎狗。这是完全另外一件事情。

市 长 不管是小狗，或是别的什么东西，总归是受贿。

法 官 不，安东·安东诺维奇。譬如说，如果某人的皮大衣值五百卢布，他太太有一条围巾……

市 长 您说您收猎狗作为贿赂，那算什么稀奇？您并不相信上帝：您从来不上教堂，然而我至少有坚定的信仰，每礼拜一定要上教堂。至于您呢？……我知道您：您如果开始谈起创世的问题，连头发都会竖直起来的。

法 官 这是自然而然得来的，由于自己的智慧而得来的。

市 长 有的时候太多的智慧，比完全没有还要坏。然而我只是把县法院提出来就是了；说实话，不见得有人会到那里去视察：这是一个可羡慕的地方，上帝自己会保护他。至于您，罗加·罗基奇，您是学校视察员，必须特别关注到教师们的情形。他们自然是有学问的人，在各种学院内受到教育。但是他们的举动很奇怪，自然是和他们的专业不相分离的。内中有一个，就是那个脸孔肥胖的……我不记得他的姓名。他一上讲台，无论如何，不扮一下鬼脸，决不肯罢休，就是这样子，（扮鬼脸）然后一只手，就伸到领结底下去捋平胡须。假使他对学生做出这副鬼脸，自然还没有什么：也许必须怎样做法，我不能加以断定；但是您自己推断一下，——假使他对一个参观的客人做出这样子，——也许很坏：钦差大人或是别的什么人会认为鬼脸是冲着他们做的。谁知道会发生什么意外。

视察员　真是的，叫我对他有什么办法呢？我已经对他说了许多遍。前些日子，我们的贵宾到教室里去视察的时候，他扮出了一个我从来没有看见过的鬼脸。他扮这鬼脸是出于善心，但是我却受到警告：为什么将自由思想暗示给青年人

市　长　我还应该对您讲那个历史教员的事情。他是有学问的人，——这很显然，而且见识很多，但是讲解起来太过热心，竟不记得自己了。我有一次听他讲，在讲阿西利亚人和巴比伦人的时候，——还没有什么，但是一讲到阿历山大·马其顿，他那种神气，叫我无从对您讲起。我还以为发生了火警，真是的！他从讲台上跑下来，用力把一张椅子朝地板上摔去！亚历山大·马其顿诚然是一个英雄，但是为什么摔折椅子呢？这徒然使财产受到损失。

视察员　他的性子真是暴躁！我已经对他说过许多遍……他说："随您怎样处置好了，我为了科学是不惜性命的。"

市　长　是的，这是无从解释出来的运命的法则：凡是聪明的人，——不是醉鬼，便要扮鬼脸，真没有法子。

视察员　在教育界里做事真是最倒霉！什么人都要来干涉，每人都要表示他也是聪明的人。

市　长　这还没有什么，——最可恶的是隐名暗访！忽然跑了来，说道："啊！你们都在这里！谁是这里的法官？"——"略布金—贾布金。"——"把略布金—贾布金叫来。谁是慈善机关管理员？"——"宰姆略尼卡！"——"把宰姆略尼卡叫来！"——这才糟糕呢。

第二场　上场人物与邮政局长

邮局长：诸位，你们在那里讲有一个官员快将来到的事情，是不是？

市　长　您还没有听到吗？

邮局长　从彼得·伊凡诺维奇·鲍勃钦司基那里听来的。他刚刚到我的邮政局里去过。

市　长　怎么样？您的看法怎么样？

邮局长　我有什么看法？——快同土耳其人打仗了。

法　官　一样的话！我自己也这样想。

市　长　是的，两个的手指全向天上指着！

邮局长　真要同土耳其人打仗了。都是法国人在捣乱。

市　长　什么同土耳其人打仗，倒霉的是我们，不是土耳其人。这是已经弄清楚的了，我那里有一封信。

邮局长　即是这样，便不会同土耳其人打仗的了。

市　长　您怎么样呢，伊凡·库兹米奇？

邮局长　我有什么怎么样？您呢，安东·安东诺维奇？

市　长　我有什么？并没有惧怕，却总归有点……那些商人和市民们使我感觉不安。人家说我在他们身上搜刮财物，但是上帝可以做见证的，即使我在一些人身上取一点什么，那并没有什么仇恨的心思。我甚至想，（握他的手，引到一旁）我甚至想，会不会有人告我？到底钦差大臣来访查什么事的？伊凡·库兹米奇，为了我们公共的利益起见，您能不能把所有经过邮政局的信，略为拆开来看一看：里面有没有什么告发或通信报告的事情？如果没有，就可以再封起来；但是也可以把那些信就照拆开来的样子送出去。

邮局长 我知道，我知道，……这个您不必教我，我会这样做的。我这样做，不是由于预防，却是为了好奇：我真愿意知道世界有什么新鲜事情。我对您说，读这些信是极有趣的。有些信读起来真是快乐，——里面写下各色各样的句子……而且大有教训的意味……比读莫斯科新闻报道还好！

市　长 请问，您没有读到关于彼得堡来的官员的事情吗？

邮局长 没有，关于彼得堡的官员没有说，却说些关于郭司脱洛姆和萨拉托夫的官员的话。可惜您没有念过这些信：里面有极有趣的地方。新近有一位上尉写给他朋友一封信，用游戏的笔法描写跳舞会的情形……很好，很好！他说："亲爱的朋友，我的生命在愉快中流驶。女郎很多，音乐齐奏，军旗招展……"他用极大、极大的情感描写着。我特地把这封信放在身边。要不要我读一下？

市　长 现在没有心思管这个！劳你费心，伊凡·库兹米奇，假使偶然遇到有控状或报告，您不必加以考虑，就扣留下来。

邮局长 好的，好的。

法　官 留神，将来为了这事您会吃苦头的。

邮局长 哎哟，要命！

市　长 不要紧，不要紧。您如果把里面的什么事情公开出来，那是另一件事，但这是家务事情。

法　官 是的，要弄出不好的事情来了！说实话，我到您府上来，安东·安东诺维奇，是想把一只小狗送给您的。就是您知道的那只雄狗的亲姊妹。您大概听说赤波道维奇和瓦尔震文司基打起官司来了，所以现在我阔气得很：我可以在两人的田地上猎兔[1]。

市　长 现在对于您的兔子我并不感到兴趣。我的脑筋里尽是那个可恶的隐名私访的影子。等着吧，——门一开——突然地……

第三场　上场人物，道勃钦司基与鲍勃钦司基

两人喘息而入。

鲍 非常的事件！

道 意料不到的新闻！

众　人 什么？什么事？

道 预料不到的事情：我们到旅馆里去……

鲍 （插断他的话）我同彼得·伊凡诺维奇到旅馆里去……

道 （抢说）彼得·伊凡诺维奇，让我来讲。

① 法官同时向原告和被告索贿。——译者注

鲍　　不，让我来讲……让我，让我，……您没有那种语调……道您会讲错，想不起全部的事情来的。

鲍　　会记得的，真是会记得的。您不要妨碍我，让我来讲，不要妨碍我！诸位，你们费心叫彼得·伊凡诺维奇不要妨碍我。

市　长　您说吧，看在上帝的分上，究竟是什么事情？我的心已经不在原来的地方了。请坐呀，诸位！坐在椅子上面！彼得·伊凡诺维奇，您坐在这个椅子上面。（大家围坐在两位彼得·伊凡诺维奇旁边）嗯，什么事？

鲍　　等我来说，等我来说。我要挨着次序说。我刚从您府上走出去，当您收到这封信，心里惊慌不安以后，——我当时就跑了出去……请您不要打岔，彼得·伊凡诺维奇！我是全都知道，全都知道的。我当时就跑到郭洛勃金家中，没有遇到郭洛勃金，就弯到拉司达阔夫司基家去，没有遇到拉司达阔夫司基，就弯到了伊凡·库兹米奇那里去，把您所得的新闻告诉他，从那里出来，遇见了彼得·伊凡诺维奇……

道　　（打岔）在卖肉馅饺子的小亭旁边。

鲍　　在卖肉馅饺子的小亭旁边。和彼得·伊凡诺维奇相遇以后，我就问他：安东·安东诺维奇从一封可靠的信里得到了一桩新闻，您听见了没有？但是彼得·伊凡诺维奇已经从您的女管家阿夫道姬亚那里听到了这件事情。她不知为什么事情被派到费里布·安东诺维奇·鲍柴处也夫那里去。

道　　（打岔）去取盛法国烧酒的酒桶。

鲍　（拉开他的手）去取盛法国烧酒的酒桶。我和彼得·伊凡诺维奇到鲍柴处也夫那里去……彼得·伊凡诺维奇，这个……请您不要打岔，请你不要打岔！……我们到鲍柴处也夫家里，路上彼得·伊凡诺维奇说："我们到酒店里去一趟……我的肚子里有点……我从早晨起没有吃什么东西，肚腹饿得发慌……"是的，彼得·伊凡诺维奇的肚子里有点那个……他说："酒店里新运到新鲜的鲑鱼，我们去吃一点。"我们刚走进旅馆，忽然一位青年……

道　（打岔）外貌不错，穿着特别的服装……

鲍　外貌不错，穿着特别的服装，在屋内踱步，脸上带着沉思的样子……那面貌……那举动，还有这里，（手在额旁旋转）有许多，许多玩意。我仿佛有了预感，对彼得·伊凡诺维奇说："这人有点不寻常。"是的，彼得·伊凡诺维奇当时把手指一招，把旅馆老板叫来，——这老板名叫佛拉司；他的妻子三个星期前，生下一个极活泼的男孩，将来和他的父亲一样会开旅馆的。彼得·伊凡诺维奇把佛拉司叫来，轻轻地问他："那个青年人是谁？"佛拉司回答

道　"这是……"您不要打岔，彼得·伊凡诺维奇，请您不要打岔，您不会讲的，您真是不会讲的：您口齿不清，我知道您嘴里的一只牙齿是漏风的。……他说："这位青年人是一个官员，是的；从彼得堡来，姓名叫做伊凡·阿历山大洛维奇·赫莱司达阔夫。他到萨拉托夫省去。他的行为很奇怪，住了一个礼拜以上，没有离开旅馆，一切吃用都赊账，一个钱也不肯付。"

他刚对我说完这句话，好像上天把我开导了似的。“喂！”——我对彼得·伊凡诺维奇说……

道　　不对的，彼得·伊凡诺维奇，是我说的“喂”。

鲍　　起初您说，后来我也说。“喂！”我同彼得·伊凡诺维奇说，“他何以坐在这里，既然他是应该到萨拉托夫省里去的？”——是的。他就是那个官员。

市　长　谁？哪个官员？

鲍　　就是你所接到的报告里的那个官吏——钦差大臣。

市　长　（恐惧）你怎么啦？这不是他。

道　　就是他！既不付钱，也不动身。不是他是谁？旅行券[①]上注明了到萨拉托夫去的字样。

鲍　　他，他，确乎是他……真细心：什么都要观察一下。他看见我同彼得·伊凡诺维奇吃鲑鱼，——都是因为彼得·伊凡诺维奇的肚子的缘故……他甚至朝我们的碟子里张望。我惊吓得了不得。

市　长　上帝，饶恕我们这些罪人吧！他在哪儿住？

道　　就在五号，楼梯底下。

鲍　　就在去年过路的军官们打架的那间房子里。

市　长　他早就来了吗？

道　　已经有两个礼拜了。坐了埃及人瓦西利亚的车子来的。

市　长　两个礼拜了！（向旁言）阿弥陀佛！老天爷！在这两个礼拜内，士官的妻子挨了打！没有发放囚粮！街上脏得像酒馆里一样！真是耻辱！真是倒霉！（捧头）

管理员　怎么样，安东·安东诺维奇？——列队到旅馆里去。

法　官　不，不！市长、僧侣和商界，应该走在前面；在约翰

---

① 当时的俄国，旅客因公事免费换乘驿马的凭证。——译者注

马孙行传里说……

市　长　不，不；让我自己去一下。一生中时常有许多困难的时机，走近了过去，还会取得收获的。也许这一次上帝也会叫我们平安地过去。（向鲍勃钦司基）您说过他是青年人，是不是？

鲍　二十三、四岁的青年。

市　长　更好，青年人更容易接近。假使是个老鬼，那才糟糕；青年人的表情是完全外露的。诸位，你们各自去把自己管辖的事情准备一下，我独自前去，或者同彼得·伊凡诺维奇去，当做游玩的样子，私下去打听过往的旅客有没有遇到不便的地方。喂，司维奇图诺夫！

司有什么吩咐？

市　长　立刻去找警察局长来。不行，我现在需要你。你先去叫随便什么人请警察局长赶紧来，然后再到这里来。

警察迅速跑下。

管理员　我们走吧，我们走吧，阿莫司·费奥多罗维奇！真是会发生祸事的。

法　官　您怕什么？把干净的帽子在病人头上一套，就什么事也没有了。

管理员　帽子算什么？病人照例应该给麦片汤吃，但是我那里走廊上满是白菜的味道，真叫鼻子不好受。

法　官　对于这层我是放心的。真是的，谁会走进县法院里去呢？假使他想看一看案卷，他会不愿意活在世上的。我有十五年坐在法院的椅子上面，但是只要看一看那些报告书，—— 唯有摇手。连所罗门[①]本人都解决

---

① 古希伯来国王，以智慧超群、判案准确著称。——译者注

不下哪里是实在，哪里是不实在。

法官，慈善机关管理员，学校视察员，及邮政局长下，在门前和回来的警察相遇。

第四场 市长，鲍勃钦司基，道勃钦司基与警察

市　长　怎么样？马车预备好了没有？

警　察　预备好了。

市　长　你到街上去吧……不行，你等一等！你去吧，你去取来……别的人到哪里去了？难道：只有你一个人吗？我吩咐过让博洛霍洛夫也到这里来。博洛霍洛夫在哪儿？

警　察　博洛霍洛夫在自己家里，不过他不能当差。

市　长　为什么？

警　察　是这样的：早晨时候人家把他像死人似的抬了来。已经把两桶水倒在他头上，至今还没有醒。

市　长　（捧头）唉，我的天，我的天！快到街上去，不，等一等，——先到屋子里去一趟，听见没有？把佩剑和一顶新帽子取来。彼得·伊凡诺维奇，我们走吧！

鲍　　　我也去，我也去……让我也去，安东·安东诺维奇！

市　长　不，不，彼得·伊凡诺维奇，不行，不行！不合适，马车里也坐不下。

鲍　　要紧，不要紧，我可以步行，追在马车后面步行。我只要朝门缝里，从门里稍微张望一下，看一看他的举动……

市　长　（接下佩剑，向警察说）你快跑去，召集保甲长们[①]，让他们每人……这个佩剑纹路太多了！可恶的商人阿勃杜林看见市长挂悬旧剑，不肯送一把新的来。唉，真是一群狡猾的人！我想，这些骗子们一定已经在口袋里预备好了呈文。让他们每人取一条街……见鬼，什么取一条街——取一把扫帚！把整个到旅馆去的街道全扫一下，扫得干干净净……听好了！你要留神：你！你！我知道你的：你在那里同人家搭认亲家，偷了钥匙，往长统靴里放，——你瞧，我的耳朵是很尖的！……还有，你对商人柴尔娜也夫做了什么事情？啊？他卖给你两俄尺呢子做制服；你却顺手拿走一整匹。去吧！

第五场　上场人物与区警局长

市　长　司铁彭·伊里奇！请您说一说：您往哪儿去了？这像什么？

局　长　我刚才就在大门外面。

市　长　听好了，司铁彭·伊里奇！彼得堡的官员来到了。您

① 城镇基层组织的负责人。——译者注

布置得怎么样了？

局　长　照您所吩咐的布置好了。我派了警察蒲果维城带着保甲们清扫行人道。

市　长　台尔日莫尔达在哪里？

局　长　台尔日莫尔达坐了消防车出去了。

市　长　博洛霍洛夫喝醉了吗？

局　长　喝醉了。

市　长　您怎么可以这样放任？

局　长　谁知道他。昨天城外发生了殴打的事件，——他跑去维持秩序，回来的时候就喝醉了。

市　长　您听着，您去这样安排：警察蒲果维城……他的个子高，你可以让他站在桥头，显出壮观。皮靴铺附近的旧围墙赶紧拆除，放上界标，作为改建市容的样子。越是拆得多，越显出市长的能干来。哎哟，我的天！我竟忘记了，在围墙附近堆积了四十车的垃圾。真是糟透了的城市！只要在什么地方设立一个什么纪念碑，或是围墙，——也不知从哪里来的，竟会堆上许多许多的垃圾！（叹）假使新近来到的官员问起服务的情形：满意不满意？——你们应该说："很满意，大人。"假使有人不满意，我以后会给他一个不痛快……唉！唉！哎哟！我真是有罪孽！我的罪孽是很深的！（想取帽子，却取了帽盒）愿上帝保佑我赶快渡过这难关，以后我要点上谁也没有点过的蜡烛：让那些混账商人每人捐三铺特的蜡。唉，我的天，我的天！我们走吧，彼得·伊凡诺维奇！（想戴帽子，却戴了纸帽盒。）

局　长　安东·安东诺维奇，那是纸盒，不是帽子。

市　长　（扔弃帽盒）帽盒就是帽盒！管它呢！假使问起：五年以前曾拨款建筑慈善医院里的教堂，为什么没有造好？那么不要忘记说正在开始建筑，却烧掉了。我曾专门递上报告的。否则，也许有人忘掉了，傻里傻气地说它并没有开始建筑。还要对台尔日莫尔达说，不许他尽伸拳打人；他为了维持秩序，对所有的人，无论有错没有错，都在眼睛下面按上一只灯笼。走吧，走吧，彼得·伊凡诺维奇！（下而又回）不许那些兵士们不穿衣裳就上街：这一群破烂的守卫队只在衬衫外面穿一件上身的制服，下身一点也没有穿。（众下）

第六场　安娜·安德列夫纳与玛里亚·安东诺夫纳（跑入台上）

安　哪里去了？他们哪里去了？哎哟，我的天！……（开门）老爷！安东莎！安东！（迅快说话）全是你，全是你的错。你忙着乱找东西："我要别针，我要头布。"（跑近窗前，呼喊）安东，往哪儿去？往哪儿去？来了吗？是钦差大臣吗？有胡子的吗？什么样的胡子？

市长的声音：　以后再说，以后再说！

安　以后吗？以后，真是新闻！我不愿意以后……我只要一句话：他是上校吗？是不是？（作轻蔑态）他走了！我要让你记住这一手！全是这个东西："妈妈，妈妈，等一等，让我在后面系上包头巾；我一会儿就好。"现在瞧这一会儿！现在为了你，一点也没有弄清楚！全是那个可恶的娇腔。一听见邮政局长在这里，就在镜子前面装腔作势起来：不是这一边改动些，便是那一边弄弄齐整。你心想他在追求你，其实他在你转过身子去的时候，便对你扮鬼脸。

玛　有什么办法，妈妈？一样的，过了两点钟，我们全会知道的。

安　过两点钟！谢谢你！竟得到这样的回答！你怎么没有想到说过一个月以后更可以知道得清楚些！（探身窗外）喂！阿夫道姬耶！啊！阿夫道姬耶，你听见，谁来了？……没有听见吗？真愚蠢？他挥手吗？让他挥去，你终归应该详细盘问一下。打听不出来吗？脑子里面尽是些乱七八糟的玩意，未婚夫坐在里面。啊！很快就走了吗？你应该去追马车。快去，现在就去！听见没有？快去问一问到哪儿去了？好生问一问新来的那位是谁？什么样子？——听见没有？从门缝里张望一下，全去打听出来！眼睛是什么样的？是黑的不是？立刻就回来，听见没有？快，快，快，快！（一直喊到幕垂下时为止。幕就这样把站立在窗旁的她们两人遮盖住了。）

第二幕　旅馆内小屋

床铺，桌子，皮包，空瓶，皮靴，皮刷等物

第一场　渥西布（仰卧主人床上）

渥　糟糕极了！真想吃东西，肚子里咕咕地叫，好像整营的人在那里吹喇叭。简直走不到家了！有什么办法？从彼得堡出来，已经有两个月了！这宝贝在路上把钱花完，现在坐在那里，缩住尾巴，也不发火了。应该好生地赶路；不行，在每个城里都要露一露自己的脸！（学他的口气）“喂，渥西布，快去看一看房间，要最好的，还去叫最好的饭菜；我不能吃恶劣的菜，我要吃好菜。”如果是有出息的人物，那还可以说，但是他不过是普通的十四等的文官[①]！同过路的旅客们交朋友，以后再赌牌；——就赌到这种地步！唉，

① 当时俄国文官中低级官员。——译者注

这种生活真够厌烦的！当然乡下好些：虽然不开化，但是事情少得多，娶上一个女人，靠地租躺一辈子都可以，尽管吃馅儿饼就是了。如果说实在话，当然没有人争辩，彼得堡的生活是最好的。只要有钱，生活是细巧而且合适的：有各种戏场，狗会对你跳舞，随便你要什么就有什么。谈话尽用高雅客气的调子，和贵族不相上下，到施楚金街去，——商人们会对你喊：“尊贵的人！”在渡船上和官员并坐；想交朋友，——到小铺里去：骑士会对你讲野营的事，并且宣布每颗星在天上什么地方，好像在手掌上看见似的。一个老军官夫人会走进来；有时会有女仆来光顾……哈，哈，哈！（一面笑，一面抬头）见鬼，真是优雅的举止。不客气的话语永远不会听到，一切的人都互相称呼“您”。你如果讨厌走路，——可以雇一辆马车，像老爷一样坐在那里。不想付车钱，——也办得到：每所房子都有走得通的大门，你只要一溜，保管哪一个魔鬼都找不到你。有一点最坏：有的时候吃得很痛快，有的时候简直要饿死，譬如像现在那个样子。这全是他的错。对这种人有什么法子？父亲寄了款子来，本可以用来维持一下，——但是不成……就出去乱花一阵子：坐马车，每天买戏票。过了一个礼拜，一看，——又打发我到旧货市场上去出卖新礼服了。有的时候真是把最后的一件衬衫都卖光，身上只剩下一件上装和大衣……真是的，这是实话！那呢料是值钱的，英国出品！一件礼服值一百五十卢布，但是在市场上只卖二十卢布；至于裤子更不必说了，——一个钱也不值。为什么缘故？——就因为他不干正事：不上衙门，却在大街上游玩，赌牌。假使老太爷知道了，那才糟呢！他决不管你是官员，会揭起衬衫，揍你一顿，让你连搔四天的痒痒。既然做官，就应该好生做。现在，旅馆老板说，在前欠账没有付清以前，停止开饭。但是假使付不出呢？（叹）唉，我的老太爷，哪怕有点汤喝也好！现在真想把整个世界全吃光呢。有人叩门，一定是他回来了。（从床上匆忙跃起。）

第二场　渥西布与赫莱司达阔夫

赫　　把这接过去。（将制帽与手杖递过去）又躺在床上去了吗？

渥　　我做什么，躺下？难道我没有看见过床铺吗？

赫　　胡说，你躺过的。你瞧全都弄皱了！

渥　　我要床做什么？难道我不知道床是什么？我有腿，我会站立的。我要您的床做什么用？

赫　　（在屋内踱走）你看一看，纸袋里没有烟丝了？

渥　　哪里还有什么烟丝？您大前天全抽完了。

赫　　（一边走路，一边用各种式样合紧嘴唇；终于用洪亮坚决的声音说话）喂，你听着……渥西布！

渥　　有什么吩咐？

赫　（用洪亮而不很坚决的声音）你到那边去。

渥　哪儿去？

赫　（用并不十分坚决，也不洪亮，很近于请求的声音）到楼下，食堂里……对他们说……让他们给我开饭。

渥　不，我不愿意去。

赫　你竟敢这样，你这傻子？

渥　是这样的；即使去，也是一无结果的。老板说再也不能开饭。

赫　他怎么敢不开饭？又是胡说八道！

渥　他说要去找市长，因为老爷有三个礼拜没有付钱。他说：你和老爷两人全是骗子，你的主人简直就是光棍。我们看见过这类坏蛋的。

赫　你这畜生，竟很高兴把所有这些话立刻转告给我。

渥　他说："这类人来到以后，住着不走欠了许多账，以后竟没有法子驱逐他们。"他说："我不会开玩笑的，我要一直去告状，把你们送到警署，关进监牢里去。"

赫　傻子，够了！你快去，你快去，对他说。真是粗暴的野兽！

渥　我最好叫老板自己来见您。

赫　叫老板做什么？你自己去说。

渥　真是的，老爷……

赫　快去，滚你的蛋！去叫老板来。

渥西布下。

第三场　赫莱司达阔夫（一人）

赫　真想吃东西！稍微走了一点路，心想，食欲会被驱走的，——不，真是见鬼，并没有驱走。是的，假使我在彭扎没有乱花，就有钱回家。步兵上尉把我骗苦了：这鬼头要一手好牌。只坐了一刻钟，——就全都被他赢去了。但是真想同他再交一下手。机会没有。真是坏透的小城！蔬菜铺里一点也不肯赊账。这真是卑鄙极了。（起初吹的是罗比特里的曲调，后来又唱'你挂在我的脖颈上，小母亲'，终于唱得不知道：什么腔调了）没有人肯来。

第四场　赫莱司达阔夫，渥西布与旅馆仆人

仆　老板打发我来问您有什么事。

赫　你好呀，老兄！你怎么样，身体好吗？

仆　靠上天的保佑，还好。

赫　你们旅馆里怎么样？生意还好吗？

仆　是的，靠上天的保佑，很好。

赫　客人多不多？

仆　是的，很够。

赫　你听着，亲爱的，至今还没有给我开饭，请你赶快催一催，——你瞧，我吃饭以后立刻有点小事情要做。

仆　老板说今天不能再开饭。他想今天到市长那里去控告。

赫　控告什么？你自己想一想，亲爱的，怎么样控告？我必须吃东西。我会完全饿死的。我很想吃东西，我说这话并不是开玩笑。

仆　是的。他说："前账没有付清以前，我不能给他开饭。"这就是他的回答。

赫　你给他讲一讲理，劝他一下。

仆　对他说什么？

赫　你好生对他讲一讲，我必须吃东西。钱是另外一件事情……他心想他这乡下人一天不吃不要紧，那么别人也可以一天也不吃。真是新闻！

仆　好吧，我去说。

第五场　赫莱司达阔夫（一人）

赫　假使他完全不给饭吃，那才糟呢。真想吃，从来还没有这样想吃。拿一件衣服出去弄点钱来，好不好？出卖裤子，好不好？不行，不如忍一点饿，却要穿着彼得堡的衣服回家去。可惜约喜姆不肯出租马车，要不然，坐着马车回家多好呀，就这么坐了马车开到邻居地主家里的台阶旁边，还点着灯笼。让渥西布穿上金镶边的制服，立在后面[①]。我想，大家全要慌乱起来！“谁？什么事？”仆人走进去，（挺直身子，扮作仆人）“彼得堡来的伊凡·阿历山大洛维奇·赫莱司达阔夫，吩咐接见吗？”他们这些粗坯不知道：什么叫做“吩咐接见”。有什么地主一到，就像狗熊似的一直摇摆到客厅里去了。还可以走到某一个好看的女儿面前，说道：“小姐，我真是……”（搓手，又把脚往后边一拖）哎哟！（唾痰）居然会恶心，真想吃东西。

第六场　赫莱司达阔夫，渥西布与仆人

赫　怎么样？

渥　饭端来了。

赫　（拍掌，在椅子上微跳）端来了！端来了！端来了！

仆　（持碟与饭巾）老板说这是最后一次开饭。

赫　老板，老板……我才不管你的老板呢！什么菜？

仆　汤和烤菜。

---

① 富人命令仆人站在马车后面的踏脚板上，表示自己的威风。——译者注

赫　　怎么，只有两碟吗？

仆　　只有两碟。

赫　　真是胡闹！我不能收。你对他说：这算是什么东西！……这太少。

仆　　老板说，这还算多的呢。

赫　　为什么没有露汁？

仆　　没有露汁。

赫　　为什么没有？我走过厨房的时候，亲眼看见，有许多菜预备好了。在饭厅里今天早晨有两位矮小的人吃鲑鱼。还有许多别的东西。

仆　　也许有，也许没有。

赫　　怎么没有？

仆　　真是没有。

赫　　鲑鱼呢？肉饼呢？

仆　　这是给那些干净些的人们预备的。

赫　　你真是傻子！

仆　　是的。

赫　　你这坏猪……他们能吃，我就不能吃吗？见鬼，为什么我不能？他们不是和我一样的过客吗？

仆　　明明不是一样的。

赫　　那是怎么样的？

仆　　就是普通的！他们明明会付钱的。

赫　　我不愿意同你这傻子在一块儿讨论。（盛汤而饮）这是什么汤？你简直就是把水倒在碟子里面：一点味道也没有，只有点臭味；我不要喝这汤，换别样汤来。

仆　　我们可以收回的。老板说：不想吃，可以不必吃。

赫　（用手扶住菜碟）得啦，得啦……放下吧，傻子！你已经习惯这样对付别人：我不是这类的人！我劝你不要和我这样！（继续吃）我想，世界上没有人吃过这样的汤：沿面漂浮的不是油，却是羽毛。（切鸡）哎哟，哎哟，这是什么鸡！把烤菜拿来！还剩一点汤，渥西布，你去喝吧。（切烤菜）这是什么烤菜！这不是烤菜。

仆　那么是什么？

赫　谁知道：是什么，不过绝不是烤菜。这是斧子，代替牛肉烤成的。（吃）骗子，混账东西！他们拿什么东西出来给人家吃。吃下这一块东西，牙根会生病的。（手指在牙齿上挑剔）坏蛋！完全像树皮一般，——怎么也拉不出来；吃完以后牙齿会发黑的，这些骗子！（用饭巾擦嘴）别的没有什么了？

仆　没有。

赫　混账东西！坏蛋！拿点露汁，或是蛋糕来也好。不要脸的东西！就是会从过客身上敲竹杠。

仆人收拾器皿，和渥西布同下。

第七场　赫莱司达阔夫与渥西布

赫　真是好像没有吃东西；刚刚解了一点儿饿。要是有零钱，可以打发他到市场上去买一只法兰西面包来。

渥　（入）市长不知为什么事情跑来，在那里问您，还打听您。

赫　（吃惊）好极了！这小鬼老板真是去告状了！假使他真是把我拖到监狱里去便怎样？管它呢？假使用正直的方式，我也许……不，不，我不愿意！城里面来来往往的尽是军官们，还有许多平民，我故意做出高傲的样子，和一个商人的女儿使眉眼……不，我不愿意……他怎么啦？他怎么敢这样？他难道把我看做商人或手艺人吗？（精神振作，挺直身体）我要老实对他说："您怎么敢？您怎么……"

门柄旋转；赫莱司达阔夫脸发白，身体缩了拢来。

第八场　赫莱司达阔夫，市长与道勃钦司基

市长走进来，停立在那里。两人惊惧地互相对视，瞪着眼睛。

市　长　（略微恢复精神，手垂放在裤缝上面）好呀！

赫　（鞠躬）我的敬意！

市　长　对不住……

赫　没有什么……

市　长　我是本城的市长，我的责任就是留神照顾，不使过往客人和一切正直的人们受任何压迫……

赫　（起初有点口吃，但是说到后来声音洪亮了）那有什么法子？……我没有错……我会付钱的……乡下就要寄来的……（鲍勃钦司基从门后窥望）他更不对：送来的那块牛肉硬得像木头一样；那个汤，——不知道里面倒些什么东西，我是应该把它扔到窗外去的。他整天使我挨饿……茶水真奇怪：有鱼的味道，没有一点茶味。我这是为什么……真是新闻！

市　长　（惧怯）对不住，这实在不是我的错处。市场上的牛肉永远都是新鲜的。霍尔莫郭尔司基的商人们运来的。这些人不会喝酒，行为很好。我不知道他从哪里取来这样的牛肉。如果不那个，可以……请您搬到另外一个住所去。

赫　不，我不要！我知道什么叫做搬到另外一个住所里去，那就是搬到监狱里去。但是您有什么权利？您怎么敢这样？……我要……我在彼得堡做官。（振作精神）我，我，我……

市　长　（向旁言）哎哟，我的老天爷，脾气真大！他全都探听出来，这些可恶的商人们全都讲了。

赫　（壮胆）您哪怕带了全部队伍，——我也不去！我一直去见部长！（叩拳击桌）您怎么啦？您怎么啦？

市　长　（挺直身体，全身发抖）请您饶恕我，不要害我！我有妻子，小孩……不要使我成为不幸的人！

赫　不，我不高兴。又来了！这与我有什么关系？因为您有妻子和小孩，我就应该进监狱里去，这真妙透了！（鲍勃钦司基从门里窥视，吓得躲藏起来）不，谢谢您，我不要。

市　长　（发抖）我没有经验，真是的，我没有经验。财产不够用……请你自己想一想，官家的薪俸甚至不够买茶叶和糖。即使收贿赂，也就是一点点：收点吃的东西，还有一两件衣服。至于讲到那个经营商业的士官的寡妻，说是我把她揍打了一顿，那是谣言，真是谣言。那是我的恶棍们造出来的；这类人连我的性命都想谋害的。

赫　那有什么？我和他们一点关系也没有……（凝想）我不知道：您为什么讲那些恶棍和士官的寡妻……士官的寡妻是完全另一件事，您可是不敢揍打我，还离得远呢……又来了！你瞧这种人！……我会付钱的，我会付钱的，但是我现在没有钱。我所以住在这里就因为我一个钱也没有。

市　长　（向旁言）真是精细的手段！他是打的什么主意！放出这许多烟雾！随便你怎么猜去吧！你不知道从哪一方面去着手。不妨试一试看！要怎样就怎样好了，不妨试一试看。（出声）假使您果真需要钱，或是别的什么东西，我可以立刻效劳的。帮过路的客人们的忙，原是我的责任。

赫　借给我，借给我！我立刻和旅馆老板算清账目。我只要二百卢布，少些也行。

市　长　（将钞票送去）一共二百，不必再点了。

赫　（收钱）谢谢。我立刻从乡下给您寄回来……我这是忽然……我看您是好人。现在是另一件事情了。

市　长　（向旁言）靠上帝的保佑！钱收下来了。现在事情好像有门了。我塞给他四百，还不是二百。

赫　　喂，渥西布！（渥西布入）叫旅馆的仆人进来！（向市长与道勃钦司基）你们干什么站着？请坐，请坐。（向道勃钦司基）请坐，请坐。

市　长　不要紧，我们站一会儿。

赫　　请坐吧。我现在看出您的性格十分直率而且好客；老实说，我真以为你们来把我……（向道勃钦司基）请坐！

市长与道勃钦司基坐下。鲍勃钦司基在门外窥视偷听。

市　长　（向旁言）必须胆大些。他愿意人家把他看做寻常人。好的，我们就顺着他的道儿来：假装完全不知道他是什么人。（出声）我同此地的地主，彼得·伊凡诺维奇·道勃钦司基一块儿出外办公事，特地到旅馆里来看一看过路的旅客们招待得好不好，因为我不像别的市长，什么事情也不做；我除了职务以外，根据基督教爱人的意思，愿意使每个人都得到极好的招待，——现在好像给我一个奖赏，使我得到结识一位好朋友的机会。

赫　　我自己也很高兴。老实说，我没有您，不知道要住在这里多久：我完全不知道，如何付清欠账。

市　长　（向旁言）是的，你尽管讲吧？不知道如何付清欠账！（出声）请问您：您到哪里去，什么地方？

赫　　我到萨拉托夫省去，自己的乡村里去。

市　长　（向旁言，做出嘲讽的脸色）到萨拉托夫省去！连脸也不红一下！同这人应该竖尖了耳朵去对付！（出声）您做的是极好的事。关于旅行一层，据说一方面被车马耽误，未免不痛快，另一方面，却可以给脑筋一点消遣。您的旅行多半是为了自己的娱乐吧？

赫　不是的，家父要求我回家。老人家因为我在彼得堡至今没有升官，生气了。他心想只要一到那里去，就立刻可以领到佛拉地米勋章。不，我要叫他自己到衙门里去坐几天看。

市　长　（向旁言）请看他真会瞎编！把老父亲也扯上了！（出声）您到那里去时间长久吗？

赫　真是不知道。我的父亲很固执，这老东西蠢得像木头一样。我要对他直说：随您怎么处置，我没有彼得堡是不能生活的。我为什么应该和乡下人在一块，埋没一辈子呢？现在需要不同；我的灵魂渴求着光明。

市　长　（向旁言）他的结子打得很妙！尽胡说，尽胡说，——而且什么地方也不露破绽！看样子是那样寻常，身材矮矮的，好像手指甲就可以把他掐死。你等一等！你会对我说出来的。我要叫你说得多些！（出声）您说得很对。在偏僻地方有什么事情可做？就拿这里来说吧：尽管夜里不睡，为国家努力，不惜一切，但是奖赏还不知道什么时候来呢。（眼向房中扫射）这间屋子大概有点潮湿吧？

赫　极坏的屋子，那些臭虫，我在哪里也看不到：像狗一样地咬人。

市　长　真是的！这样文明的客人，受了谁的苦？——竟受了一群不应该在世界上生出来的无用的臭虫的苦！这间屋子还黑得很，对不对？

赫　　是的，很黑。老板照例不肯发蜡烛。有时候想做点什么事，读一点书，或者在幻想到来的时候，写点什么，——总归不行：太黑，太黑。

市　长　请问您……不，我不配。

赫　　什么事？

市　长　不，不，我不配，我不配！

赫　　到底什么事？

市　长　我不敢非分地提出来……我的家里有一间很好的房子，又光亮，又安静，对于您很合用……不，我自己觉得这是太大的荣誉……您不要生气，——真是的，我是从平凡的心灵里提议出来的。

赫　　相反地，我很喜欢。我最喜欢住在私人的家庭里，不愿意住旅馆。

市　长　我真是高兴！我的太太也会喜欢的！我有一种脾气：我从小就好接待客人，尤其如果客人是文明的人。您不要以为这话我说出来是由于献媚；不，我没有这个毛病，我是由于心灵的充实而说出这话来的。

赫　　谢谢。我自己也不爱虚伪的人。我很喜欢您的爽快和诚恳，老实说，我别的没有什么要求，只要对我表示忠实和尊敬，尊敬和忠实。

第九场　上场人物与旅馆仆人，渥西布伴人

鲍勃钦司基在门外窥视。

仆　　您叫我吗?

赫　　是的。把账单拿来。

仆　　我刚才已经送上账单了。

赫　　我不记得你的糊涂账单。你说：多少钱?

仆　　您第一天叫了一份客饭，第二天只吃了一份鲑鱼，以后全是赊账。

赫　　傻子！还要一份份算。一共多少?

市　长　您不要忙：他可以等一等的。（向仆）滚出去，回头给你送去。

赫　　这样也好。（藏钱。仆人下。鲍勃钦司基在门外窥视）

第十场　市长，赫莱司达阔夫道勃钦司基

市　长　现在您要不要参观参观我们城里的各种团体，例如慈

惠院[1]等机关。

赫　　那是什么东西？

市　长　您可以看到我们这里办事的规矩……一切秩序……

赫　　很好，很好。

鲍勃钦司基探头进门。

市　长　您如果愿意的话，可以从这里到县立学校里去视察上课的秩序，教什么功课。

赫　　好的，好的。

市　长　以后假使您愿意参观拘留所和监狱，——看我们这里囚犯的待遇如何。

赫　　看监狱做什么？我们不如去看慈善团体。

市　长　随您的便。您是不是想坐自己的马车？还是同我坐一辆车子？

赫　　最好我同您坐一辆车。

市　长　（向道：勃钦司基）彼得·伊凡诺维奇，现在您没有位置了。

道　　不要紧，我没有关系。

市　长　（对道：勃钦司基轻声说）您快去，快跑，拼命跑去，这两张字条：一张给慈惠院的宰姆略尼卡，另一张给我内人。（向赫莱司达阔夫）我请您允许我在您面前写几行字给我内人，让她预备接待贵客。

赫　　那何必？……这里有墨水，不过纸张——却不知道……在这个账单上好不好？

市　长　我就在这上面写。（一面写，一面独自言语）我们看早饭以后的情形怎样，再加上几只厚肚子的酒瓶！

---

① 慈善医院。——译者注

我们有省城里运来的玛台拉酒：样子虽然不雅观，却会把象醉到地上。我只要打听出他是什么样的人，应该怕他到什么样的程度。（写完后交给道勃钦司基。道勃钦司基走出去。正在这时候门垮了，在门外偷听的鲍勃钦司基随着门一齐飞到台上。大家发出喊声。鲍勃钦司基立起来。）

赫　　怎么样？您没有摔伤吧？

鲍　　不要紧，不要紧，没有一点妨碍，只是鼻上长了一个小疙瘩！我到赫里司强·伊凡诺维奇那里去一趟：他有一种药膏，敷上就会消去的。

市　长　（对鲍勃钦司基做斥责的神色，又对赫莱司达阔夫说）这不要紧。请吧，请吧！我来对您的管家说，叫他把箱子搬过去。（向渥西布）你把行李送到我家去，市长的家里去，——每个人都会告诉你在什么地方。请吧！（让赫莱司达阔夫先走，自己跟在他后面；回转身来，又带着责备的神气对鲍勃钦司基说）您呀！竟不会找另一个地方去摔跤！竟摔得直僵僵的，不知道成什么样子。（下。鲍勃钦司基随下。幕落）

第三幕　与第一幕相同的屋子

第一场　安娜·安德列夫纳，玛里亚·安东诺夫纳（站在窗旁，如第一幕）

安　已经等了整整的一点钟，全是你的愚蠢的装腔作势弄成的：早就完全打扮好，不成！必须还要东找找西找找……完全不应该听她的话。真是可恨！一个人也没有，好像故意似的！好像全都死了似的。

玛　妈妈，过两分钟后我们一定可以全都打听出来。阿夫道姬耶快来了。（向窗外探望，喊了出来）妈妈，妈妈！有人来了，在街的尽头走着。

安　在哪里走？你永远生出一些幻想。是的，有人走来。谁在走？不高的身材……穿着燕尾服……谁呢？啊？这真是可恨！这人究竟是谁？

玛　道勃钦司基，妈妈！

安　什么道勃钦司基！你永远忽然会想象出这类念头

的……完全不是道勃钦司基。（挥手帕）喂！到这里来！快来！

玛　妈妈，真的是道钦司基。

安　你故意想争辩一下。对你说——不是道勃钦司基。

玛　怎么样？怎么样，妈妈？您可以看得见就是道勃钦司基。

安　是的，是道勃钦司基，现在我看见了，——你为什么要争辩呢？（向窗叫喊）快！快！您走得很慢。怎么样？他们在哪儿？啊？您就从那里讲，——一样的。什么？很厉害的吗？啊？丈夫呢？丈夫呢？（从窗旁稍退，露烦恼色）这样愚蠢：在没有走进屋子以前，一句话也不肯讲！

第二场　上场人物与道勃钦司基

安　请问您：您好意思吗？我平常很信赖您，认您是正经人：大家忽然跑出去，您也立刻跟在他们后面！我至今还找不到一个人，可以向他问出究竟来的。您不觉得惭愧吗？你们的温尼慈卡和李庄卡全是我行的洗礼[①]，而您居然这样对待我起来！

道　亲家母，我真是忙着跑来跟您请安，跑得气都喘不过来。您好呀，玛里亚·安东诺夫纳！

① 信奉基督教的民族为新生婴儿举行“洗礼”习俗。即入教仪式。——译者注

玛　　您好，彼得·伊凡诺维奇！

安　　怎么样？您把那边的情形讲一讲。

道　　安东·安东诺维奇有一张字条给您。

安　　他是谁？将军吗？

道　　不，不是将军，却不比将军差些：有学问，而且举动也极庄严。

安　　那么他就是人家写给丈夫信上所提的人吗？

道　　一定是的。我和彼得·伊凡诺维奇首先发现的。

安　　您讲呀：什么事情？怎样情形？

道　　幸而一切还极顺利。他起初对待安东·安东诺维奇有点严厉；很生气，直说旅馆里怎样不好，他不高兴让他坐监狱。但是在以后知道了安东·安东诺维奇没有错处，和他谈得投机些，立刻变了念头，一切都好了。他们现在去参观慈善机关……说老实话，安　东·安东诺维奇心想恐怕有人告密；我自己也有点害怕。

安　　您怕什么？您并没有做官。

道　　您知道，大官说话的时候，总会感到恐怖的。

安　　那有什么……这全是无聊的话。您说一说：他的相貌如何？岁数老呢，还是年轻？

道　　年轻的，年轻的人，23 岁左右。但是说话完全像老头子一般。他说："好吧，我可以到那边去，我可以到那边去……"（挥手）一切都很优雅。他说："我爱写文章，读书；但是屋子里有点黑，十分不方便。"

安　　他的相貌怎么样：黄发呢，还是黑发？

道　　不，多半是栗色的，那双眼睛锐利得像小野兽一样，会叫你甚至感到惊慌失措的。

安　他在字条里写些什么？（读）“亲爱的，我应该通知你的是我的情境十分可悲；但是依赖上帝的仁慈，外加腌黄瓜两个，鱼子半份，共计一卢布二十五戈比……”（止住）我一点也不明白：怎么会出来腌黄瓜和鱼子？

道　这是安东•安东诺维奇慌忙之中在一张现成纸上写的：上面写着一篇账目。

安　那就对了。（续读）“但是依赖上帝的仁慈，结果很好。你快预备好贵宾用的屋子，就是贴黄色花纸的那间；中饭不必多添菜，我们将在阿尔铁姆·费里帕维奇的慈惠院吃早饭，但是酒须多预备一点。吩咐商人阿勃杜林送来最好的酒；否则，我会把他的地窖翻个转。亲爱的，我吻你的小手，你的安东·司克伏慈尼克—特莫汉司基……”哎哟，我的老天爷！这应该赶快办！喂，有人吗？米士卡！

道　（迅跑过去，向门外呼喊）米士卡！米士卡！米士卡！（米士卡入）

安　你快到商人阿勃杜林那里去……你等一等。我给你一张字条，（坐桌旁，一面写字条，一面说）你把这纸条送给马夫西道尔，让他赶快送到商人阿勃杜林那里，把酒带回来。你自己立刻去好生收拾客人住的那间屋子。放上床铺，脸盆架等等的东西。

道　安娜·安德列夫纳，我现在要赶快跑去看他在那里怎样参观。

安　去吧，去吧！我不留您。

第三场　安娜·安德列夫纳与玛里亚·安东诺夫纳

安　　玛生卡，我们现在必须自己装饰装饰。他是京城里来的人，不要让他见笑。你穿上你的湖色的，细滚的衣裳最漂亮。

玛　　妈妈，湖色的！我不喜欢湖色：略布金一贾布金太太穿湖色，宰姆略尼卡的女儿也穿湖色。我最好穿带花的。

安　　带花的！……你说的话尽是反转来的。你穿湖色好得多，因为我想穿淡黄色的。

玛　　妈妈，你穿淡黄色的不配身！

安　　淡黄色的我不配身吗？

玛　　不配身；无论怎么说，不配身：眼珠完全黑的人穿这颜色才好看。

安　　好极了！我的眼珠难道不黑吗？极黑的。你尽说些无谓的话！我给自己猜牌，永远猜到黑花的 Queena[①]，那么怎么不是黑眼珠呢？

玛　　妈妈！你是红心的 Queen。

安　　瞎说，完全瞎说。我从来不是红心的 Queen（和玛里亚·安东诺夫纳速下，在幕后说话）忽然想出这一套

① 梅花皇后，这里指用扑克牌算运气。——译者注

来！红心的 Queen! 谁知道是怎么回事！

她们走后，门开了，米士卡把垃圾从里面扫出来。渥西布头上顶着皮箱，从另一门里走出。

第四场　米士卡与渥西布

渥　往哪儿放?

米　这里来，叔叔，这里来！

渥　等一等，让我先休息一下。唉，真是倒霉的生活！空肚的时候，随便什么担子都觉得很沉重。

米　叔叔，将军快来了吗?

渥　什么将军?

米　就是你的主人。

渥　主人吗? 他是什么将军?

米　难道不是将军吗?

渥　将军是将军，但只是另一面的。

米　比真正的将军大呢，还是小?

渥　大。

米　原来如此！怪不得我们这里忙乱起来了。

渥　你听着，小伙子：我看你是一个能干的人；你给预备一点吃的东西！

米　叔叔，给你们吃的还没有预备好呢。你们不吃普通菜，等到你的主人坐下来吃的时候，就会分一份同样的菜给您。

渥　　你们有普通菜吗?

米　　菜汤，粥糊，馅儿饼。

渥　　拿这个来吧，拿菜汤，粥糊和馅儿饼来吧！不要紧，我什么都能吃。好啦，我们来抬箱子！这里有没有另外的门?

米　　有的。（两人抬箱入旁屋）

第五场

警察把两扇门打了开来。赫莱司达阔夫入，市长随入。慈善机关管理员，学校视察员，道勃钦司基与鲍勃钦司基同上，鲍鼻上贴着膏药。市长对警察们指地上的一张纸，警察们跑去捡拾，互相推搡。

赫　　你们的慈善机关是很好的。你们这里把一切东西都让旅客们参观，这一点我很高兴。在别的城市里什么也不给我看。

市长　报告您，在别的城市里，市长和官员们尽顾自己的利益；而在这里，除去想如何整顿秩序，勤奋办事，博取上司的注意以外，可以说没有别的念头。

赫　　早饭很好；我吃得太饱。你们每天都这样的吗?

市长　为贵宾特地预备的。

赫　　我爱吃东西。人活在世上，就为了摘取快乐之花。那条鱼叫什么名字？

管理员 初腌的鳘鱼。

赫 味很美。我们在哪里吃的早饭？在医院里吗？

管理员 是的，在慈惠院里。

赫 我记得的，我记得的，里面放着床铺，病人都治愈了吗？好像不很多。

管理员 剩了十个人，不多；其余的全治好了。这已是这样安排着的，这样的规矩。自从我接了差使以来——也许您甚至觉得是离奇的——大家全像苍蝇一样治愈了。病人还没有来得及走进医院，已经痊愈了；不仅用医药，而且还用诚实和秩序治疗的。

市　长 我报告您，市长的责任真是繁重！他身上担负着多少事务，关于清洁、修理、改正……一句话，最聪明的人也会感到为难的。但是感谢上帝，一切都很顺利。有的市长自然单只注意自己的利益；但是你相信不相信，我在躺下来睡觉的时候，总要想："上帝，怎样可以安排得使上司看见我的努力而引以为满足呢？……"上司奖赏不奖赏，自然是他的自由，至少我的心上是安静的。在城里一切秩序井然，街道扫得干净，囚犯取得很好的待遇，醉鬼减少……我还要什么？真是的，真是的，我并不希望取得任何的荣誉。荣誉自然足以引诱人，但是立在道德面前便成为粪土和无聊的事情。

管理员 （向旁言）这懒惰的人真会说话！上帝赋予他这样的才能！

赫 这是实在的。说实话，我自己有时很爱动动脑筋：有的时候来一篇散文，有的时候弄出诗来。

鲍　　（向道勃钦司基）对呀，对呀，彼得·伊凡诺维奇！说出这种话来……显然是研究科学的。

赫　　请问，你们这里平常做什么消遣？有没有集会，可以打打牌？

市　长　（向旁言）我知道你说这话有什么用意！（出声）好说，好说！这里是听不到这种集会的。我从来手里没有拿过牌，连怎样打法也不知道。我一看到牌就发急，有时看到一只红方块的 King[①] 或是别的什么牌，心里十分厌烦，简直要吐一口痰。有一次，为了和孩子们游戏，用纸牌搭成了一只亭子，以后整夜梦见这几张可恶的牌。去它的吧！怎么能把宝贵时间费在这种事情上面呢？

视察员　（向旁言）这坏蛋昨天赢了我一百卢布。

市　长　我不如把这时间用到为国家的利益上去。

赫　　不，您这又何必呢……一切事情都随某人看某事的方向而定。例如说，在本应增注三倍的时候，而你竟停止加注，那么自然……不，这话不能这么说的；有时候赌钱是很能引诱人的。

① 扑克牌中的老K。——译者注

第六场　上场人物，安娜·安德列夫纳与玛里亚·安东诺夫纳

市　长　我来介绍我的家属：内人和女儿。

赫　　　（鞠躬）我真荣幸，夫人，我能和你会见。

安　　　我们能见到您这样的人物，更加感到愉快。

赫　　　（装模作样）夫人，完全相反：我更加感到愉快。

安　　　那怎么能呢！您说的是客套的话。请坐吧。

赫　　　在您身旁站立一会儿已经是幸运了；但是既然您一定愿意，我可以坐下的。我真荣幸，我能坐在您的身边。

安　　　对不住，这话我是不敢当的……我以为，您住在京城里面，出外旅行是很不痛快的。

赫　　　很不痛快。我们已经习惯交际场中的生活，忽然上路：肮脏的旅馆，黑暗的愚蠢……说实话，假使不是一个机会使我……（审视安娜·安德列夫纳，在她面前装模作样）使我得到了奖赏……

安　　　您大概真是感到不愉快呀。

赫　　　但是夫人，现在我感到很愉快。

安　　　那怎么能呢！您太客气了。我不配呀。

赫　　　您何以不配？夫人，您是很配的。

安　　　我住在乡下……

赫　　　是的，但是乡村也别有风趣……当然谁能和彼得堡相

比！唉，彼得堡呀！彼得堡呀！那里是什么样的生活！您也许心想我只是誊写誊写；不是的，司长和我的交情是很深的。他时常拍着肩膀，说道："老弟，你来吃饭呀！"我只到司里去走两分钟，只是去说一下：这事应该这样做，那事应该这样做。另外有办公事的官员，像老鼠一样，只是拿起钢笔来，——嚓嚓地写着。他们甚至想实授我八品文官，我心想，这又何必呢。那个看门人在楼梯上拿着刷子追我，说道："伊凡·阿历山大洛维奇，我来给您刷鞋。"（向市长）诸位，你们为什么站着？请坐呀！

市　长　（齐声）我们职位小，应该站着。

管理员　（齐声）我们可以站一会儿。

视察员　（齐声）您不必费心！

赫　不要论职位，请坐吧。（市长与众人坐下）我不爱客气。相反地，我甚至努力，努力不知不觉地溜走。但是怎么也不能躲开，怎么也不能！只要到什么地方去，就有人说："瞧，伊凡·阿历山大洛维奇来了！"有一次有人甚至认我为总司令：有几个兵士从警卫室里跳出来，向我举枪行礼。以后我很熟识的一个军官对我说："老兄，我们把你认作总司令了。"

安　真有这事呀！

赫　我认识好些美貌的女演员。我也时常看各种滑稽剧……认识些文学家。我同普希金交情极密。时常对他说："怎么样，普希金老兄？"——"没有什么，老弟。"他时常回答，"和大家一样。"……他真是大怪物。

安　您还写东西吗？做著作家真是有趣！您大概还在杂志上发表文章吧？

赫　是的，我还在杂志上发表文章。我的著作很多：有费加罗的结婚[①]，魔鬼罗伯特，规范，连名字都不记得了。而且全是偶然的：我并不想写，但是剧院管理部说："请老兄写一点什么吧。"我心想："好吧，就这么办吧。"好像就在一个晚上写齐了，使大家非常惊讶。我的思想特别的轻松。所有用勃郎白乌司[②]笔名写的东西，希望号战舰[③]和莫斯科电讯[④]……全是我写的。

安　请问，您就是勃郎白乌司吗？

赫　我替他们大家改文章，司米尔金[⑤]给我四万块钱。

安　犹里亚·米洛司拉夫司基一定也是您的大著吧？

赫　是的，这是拙作。

安　我当时就猜到了。

玛　妈妈，书上写着是扎郭司金先生的著作。

安　你瞧：我知道，你甚至在这地方也要争辩。

赫　是的，这是实在的，这是扎郭司金的著作，但是另外有一本犹里亚·米洛夫司基，那本是我的。

安　这是对的，我读过大作。真是写得太好了！

赫　说实话，我是靠文学生活的。我在彼得堡有一所第一等的房子。伊凡·阿历山大洛维奇的房子是出名的。

---

① 法国剧作家博马舍写的喜剧。——译者注
② 沈阔夫司基 (Senkovsky) 的笔名。——译者注
③ Bestonsjev-Marlinsky 的小说。——译者注
④ Polevoy 出版的杂志。——译者注
⑤ 出版家与书商。——译者注

（对大家说）诸位，几时到彼得堡去，请到舍间来玩玩。我家里也常开跳舞会。

安　我可以想到，那边开跳舞会是多么有趣而且华丽呀。

赫　那真是无从提起的，譬如说，桌上放着西瓜——那只西瓜就值七百卢布。锅子里的汤一直从巴黎装在轮船上运来的；一开盖，——一股蒸气是在自然界里找不出相同的来。我每天赴跳舞会。常有几个人结伴打牌；外交总长，法国公使，英国和德国公使，还有我。打牌打到累乏得不可开交的地步。顺楼梯到四层楼上我的屋子里去，只要对女厨子一说："玛佛罗士卡，把大衣拿去……"我为什么说谎，——我竟忘记了，我住在二层楼上。我家里单楼梯都很阔气……在我还没有睡醒的时候，看一看我的前屋里的情形是极有趣的：一些伯爵和公爵在那里推搡着，像野蜂一般哼声低语，但听到嚅……嚅……嚅的听音……有时候还有大臣在那里……（市长和其余的人们畏葸地从椅上立起）在写给我的信封上称呼我：大人。有一次我甚至做过司长。出了稀奇的事：司长走了，——不知道往哪里去。自然议论纷纷起来；怎样办呢？谁应该接替他的位置！将军里有许多人想干这差使，干了起来，但是并不合适。看样子似乎还容易，但是仔细一看，——真是要命！以后看见没有法子可办！——便到我这里来。这时候街上尽是信差，信差，信差……你们想一想，单只信差一项就有三万五千名！这局面多大呀，我请问你们？"伊凡·阿历山大洛维奇，请你管理司里的事务！"说实话，我当时也有点慌乱，穿了晨衣起来；本来想谢辞，但是心想，可以见到皇上，而且履历单上也好看……我就说："诸位，我可以接受这职务。既是这样，我可以接受，不过我可是不许胡作非为的！我的耳朵是灵敏的！我要不客气的……"真是的，我从司里走过的时候，简直就像地震一般，一切都抖索着、战栗着，像一张薄纸。（市长和其余的人们惊吓得抖索；赫莱司达阔夫更加兴奋）喔！我不喜欢开玩笑！我对他们大家下过警告。连国务委员会都怕我。究竟是怎么回事？我就是这样的人！我不管任何的人……我对大家说："我自己知道自己，知道自己的。"到处都有我，到处都有我。每天进宫。明天我就将升做元帅……（溜滑一下，几乎倒地，但诸官员把他恭敬地扶着）

市　长　（走近过去，全身战栗，勉强说出话来）大，大，大……

赫　　　（用迅速急遽的声音）什么事？

市　长　大，大，大，大……

赫　　　（用同样声音）一点也听不出来，全是无聊的事。

市　长　大，大，大……大人，大人，要不要休息一下？……那边有一间屋子，一切都预备好了。

赫　　　休息——太无聊了。好吧，我准备休息一下。诸位，你们那里早饭太好……我很满意，很满意。（用朗诵的方式）初腌的黄鱼！初腌的黄鱼！（进入旁屋，市长随入）

第七场

上场人物（除赫莱司达阔夫与市长）

鲍　（向道勃钦司基）你瞧这人，彼得·伊凡诺维奇。这才是一个人物！一辈子没有看见过这样重要的角色，吓得几乎死了过去。彼得·伊凡诺维奇，您认为他是什么职位?

道　我认为，差不多是将军。

鲍　我认为，将军还够不上他的脚跟。即使是将军，总是上将。你听见没有：国务委员会全怕他？我们快去对阿莫司·费道洛维奇和郭洛勃金说。再见吧，安娜·安德列夫纳！

道　再见吧，亲家母！（两人下）

管理员　（向视察员）真是可怕；为什么缘故，自己也不知道。我们竟没有穿上制服。只要一睡醒，就往彼得堡送报告，对不对？（一面和视察员忧郁地走开，一面说）再见吧，夫人！

第八场　安娜·安德列夫纳与玛里亚·安东诺夫纳

安　　喔唷，真是有趣的人！

玛　　可爱的人！

安　　举止如何细巧！一下子可以看出他是京城里的角色。他的态度，和其余的一切……真好！我真爱这类青年人！我简直要发疯。但是他很喜欢我：我看出来的，——尽朝我的身上打量。

玛　　妈妈，他看我呢！

安　　请你不要说你的无聊的话！在这上面是不适用的。

玛　　妈妈，实在是的！

安　　好吧！千万不要争辩！用不着争辩，何必争辩！他为什么看你？他何必看你？

玛　　真是的，妈妈，他老看我。开始谈文学的时候，看了我一眼，以后谈起同公使们赌牌的时候，又看了我一下。

安　　也许只有一次，也不过是随便看看罢了。他自己心里说："啊！让我看她一下！"

第九场　上场人物与市长

市　长　（蹑步入）嘘……嘘……

安　　　什么?

市　长　我把他灌醉，反而不好了。他所说的话里，假使有一半是实在的，那便怎么办呢?（凝想）怎么会不实在呢? 人一喝了酒，就全都发泄了出来: 心里有什么，便在舌头上说出什么。他自然有点撒谎；但是不撒谎是说不成话来的。同大臣们赌牌，又进宫去……实在是的，人越想……越不知道脑筋里想些什么；好像站在一只钟楼上面，或是人家想绞死你。

安　　　但是我并不感到丝毫的懦怯；我只看出他是一个有学问的，体面社会的，上等举止的人，我并不需要他的职位。

市　长　所以你们是女人！一切都完结，单只说这一句话就够了！你们把什么事情都看做无关紧要！忽然无缘无故迸出一句话来。揍你们一顿也就完了，而你们的丈夫却被人家记住了。你对待他太自由了，像对待道勃钦司基一样。

安　　　对于这一层我劝你不要担心。我们知道一点办法的……（目视女儿）

市　长　（独自说话）同你们有什么话可说！……真是难题！

至今吓得还没有醒转来。（开门，朝门外说话）米士卡！叫卫士们进来，司维司图诺夫和台尔日莫尔达。他们就在门外不远。（沉默一会儿以后）现在世界上全是稀奇古怪的事：外貌显赫些还可以说，然而那样瘦瘦的，细细的，——怎样知道他是什么人。军人还可以看得出来，但是一穿上礼服，——就像剪去了的翅膀的蝇子一样。刚才在旅馆里还装腔作势，造出许多假话来，简直好像一辈子也弄不清楚是怎么回事，后来到底上钩了。而且说得比应该说的话还多些。一看就知道是青年人。

第十场　上场人物与渥西布

大家跑过去迎接他，用手指招唤他。

安　　到这里来！

市　长　嘘！……什么？什么？睡熟了吗？

渥　　还没有。伸展着身体，躺在那里。

安　　喂，你叫什么名字？

渥　　我叫渥西布，太太。

市　长　（向妻女）你们够了，够了！（向渥西布）怎么样，老朋友，吃饭吃得好吗？

渥　　吃好了，谢谢；吃得很好。

安　　你说：有许多伯爵和公爵常到你主人那里去吗？

渥　　（向旁言）说什么？既然现在吃得这样好，以后还会开更好的饭出来的。（出声）是的，伯爵们常来的。

玛　　渥西布，你的主人真好看！

安　　渥西布，请你说，他怎样……

市　长　别说啦！你们尽用这类空虚的话语干扰我。老朋友，怎么样？

安　　你的主人是什么职位？

渥　　普通的那种职位。

市　长　哎哟，我的老天爷，你们尽做这些愚蠢的盘问！不让我谈正经事情。老朋友，你的主人怎么样？……严厉吗？爱责备人吗！

渥　　是的，他爱秩序。他要求一切事情都做得整整齐齐。

市　长　我很喜欢你的脸。朋友，你一定是好人。怎么样……

安　　渥西布，你的主人穿制服的时候，走起路来是什么样子的？……

市　长　算了吧，你们这两个碎嘴子！这里有要紧事情：这事关涉到一个人的生命。（向渥西布）老朋友，你这人我很喜欢。出门在外不妨多喝一两杯茶水，——现在天气很冷，——我给你两个卢布喝茶水的钱。

渥　　(收钱)谢谢,先生！愿上帝给你健康！愿您诸事顺遂。

市　长　好的，好的，我很高兴。怎么样，老朋友……

安　　喂，渥西布，你的主人最爱什么颜色的眼睛？……

玛　　渥西布！你的主人鼻子真小！

市　长　你们等一等，让我！……（向渥西布）怎么样，老朋友，你说一说：你的主人最注意什么事情？那就是说他在路上最喜欢什么事情？

渥　他爱什么事情，是随时决定的。他最喜欢得到人家优厚的招待，吃好东西。

市　长　好东西吗？

渥　是的，好吃的东西。——我虽然是他的农仆，但是他也留神着使我得到好处。真是的！有时候我们到什么地方去。他问我："渥西布，人家给你吃得好不好？"——我说："不好，大人！"——他说："渥西布，这个主人不好。下次再去的时候，你提醒我一下。"我心想："唉，随他去吧！（挥手）我是一个普通人。"

市　长　好的，好的，你说得有理。我刚才给你一点茶钱，现在再拿点去，买面包吃。

渥　做什么又赏钱，大人？（藏钱）以后我要喝一杯，祝您的健康。

安　你到我这里来，渥西布，也拿点钱去。

玛　渥西布，你去吻你的主人一下！

从另室内传出赫莱司达阔夫的微咳。

市　长　嘘！……（蹑足立起；全幕里永远低声微语）不许吵！你们走吧！你们已经够了……

安　我们走吧，玛生卡！我来对你说，我看出客人身上的一些事情，这只有我们两人在一块儿的时候可以讲的。

市　长　让她们去讲吧！只要跑去听一听，——我想，耳朵也要塞聋的。（向渥西布）喂，好朋友……

第十一场　上场人物，台尔日莫尔达与司维司图诺夫

市　长　嘘！你们这些笨态——皮靴敲得这样响！闯进来的时候，仿佛四十普特[①]重的东西从车上扔下来！你们躲在哪里去了？

台　就在您吩咐去的地方……

市　长　嘘！（闭住他的嘴）像老鸦那样叫起来了！（学他的口音）就在您吩咐去的地方！像从木桶里倒出来那样的吼叫！（向渥西布）你去吧，老朋友，你去预备预备你主人所需要的东西。无论什么东西，你尽管要就是了。（渥西布下）你们去站在台阶上面，不许动一动！闲人不许放进来，尤其是商人们！如果你们把一个人放了进来，那么……只要看见有人带着状子前来，即使不带状子，但是样子像那种想告发我的人，便一直把他推出去！这样踢！好生地踢！（用脚表演）听见没有？嘘……嘘……（蹑足随警察们下）

① 俄国重量单位，等于 16.38 公斤。——译者注

第四幕　市长家中同上的屋子

第一场

法官，慈善机关管理员，邮政局长，学校视察员，道勃钦司基与鲍勃钦司基蹑足轻声入。他们全穿着正式的制服。全场人都低声说话。

法　官　（把大家排成半圆行）看上帝分上，诸位，赶紧排齐，遵守秩序！他是了不得的人：进过宫，骂过国务委员会！照军队的样式排齐，一定要照军队的样式！彼得·伊凡诺维奇，您跑到这边来。彼得·伊凡诺维奇，您站在这儿。（两位彼得·伊凡诺维奇蹑足迅跑）

管理员　就依照您的办法去做，阿莫司·费奥多罗维奇。但是我们必须想出一个计划来。

法　官　什么?

管理员　大家都明白的那件事。

法　官　塞钱吗?

管理员 就是塞钱也可以。

法　官 那真危险，他是大人物，会喊嚷起来的。或者用贵族方面捐款修建纪念碑的形式，好不好？

邮局长 或者作为“邮局里寄到的不知属于何人的款子”。

管理员 留神他把您从邮局里送到更远些的地方去。你们知道：在守秩序的国家里，这类事情不是这样做法的。为什么我们一群人都挤在这里？我们应该单独晋见，四眼对看……应该怎么办，就怎么办，不能让别人的耳朵听到！守秩序的社会里是这样做法的！阿莫司·费奥多罗维奇，你首先去见。

法　官 最好您先去：贵宾在您的机关里吃过东西的。

管理员 罗加·罗基奇，您是教育青年的人，您应该先去。

视察员 不能，不能，诸位！说实话，我所受的教育就是如此的：只要职位高的人同我说话，我的灵魂便会出窍，舌头像陷在泥里似的，拔不出来。诸位，免了我吧，真是免了我吧！

管理员 是的，阿莫司·费奥多罗维奇，除去您以外，没有第二人了。您随便说什么，总是口若悬河。

法　官 您怎么啦？什么口若悬河！您瞧，您真会编！有时谈到家犬和猎狗的时候，也许会忘乎所以起来……

众　人 （和他绊缠）您不但会谈狗，还会谈天翻地覆的情景……阿莫司·费奥多罗维奇，您不要抛弃我们，做我们的救星吧！……阿莫司·费奥多罗维奇！

法　官 不要胡缠，诸位！

这时赫莱司达阔夫屋内有脚步声和咳嗽声。大家连忙跑出门去，互相推搡，努力挤出门外，不免压撞着什么人。

传出低微的呼喊。

鲍勃钦司基的声音 喔唷！彼得·伊凡诺维奇．彼得·伊凡诺维奇，您踩了我的脚！

宰姆略尼卡的声音 躲开呀，诸位，真要命，——把我压扁了！

放出几声“喔唷”、“喔唷”的呼喊，终于大家挤了出去，屋子里空了。

第二场 赫莱司达阔夫

（一人，睡眼蒙眬地出场）

赫 我好像睡了一大会儿。他们从哪里弄来了这些褥子和鸭绒被服？简直出汗了。昨天他们在吃早饭的时候，塞了什么东西给我吃，脑子里面至今还在那里发响。我看这里的时间可以很有趣地消遣过去。我喜欢人家殷勤的款待，说实话，最喜欢人家出自至诚地侍候我，而不是由于图谋利益。市长的女儿很不坏，母亲也还可以……不，我不知道我实在喜欢过这样的生活。

第三场　赫莱司达阔夫与法官

法　官　（入场后止步，自言自语）天呀！天呀！但愿顺利地渡过。膝盖都弯不过来了。（挺直身体，手持佩剑，出声说话）本县法院法官，八等文官利亚普金一贾布金进见。

赫　请坐。您是此地的法官吗?

法　官　从 1816 年经贵族公举选任三年，任职到现在的时候。

赫　做法官很有出息吗?

法　官　三年之间，上司嘉奖，颁赐四等佛拉地米勋章。（向旁言）钱放在拳头里面，拳头像火焰一般的烫热。

赫　我很喜欢佛拉地米勋章。三等安娜勋章并不怎样好。

法　官　（握紧着的拳头，稍向前面伸出。向旁言）我的老天爷！我不知道怎样坐下去。好像屁股底下放着热炭。

赫　你手里是什么?

法　官　（张皇失措，钞票落地）没有什么！

赫　怎么没有什么?我看见钱落到地上了。

法　官　（全身战栗）没有，没有！（向旁言）哎哟！我真要吃官司了！大车已经开过来抓我了！

赫　（拾钱）是的，这是钱。

法　官　（向旁言）一切都完了。——完了！完了！

赫　您说好不好?您把这钱借给我吧。

法　官　（匆忙说）好的，好的……很乐意，很乐意。（向旁言）勇敢些！勇敢些！圣母保佑我！

赫　　　您知道，我在路上花光了钱：这一笔，那一笔……但是我会从乡下立刻给你汇来的。

法　官　那不必啦！这样子已经是十分荣幸的了……自然，用我的一点微力，对于上司的忠实勤奋……努力服务……（从椅上立起。挺直身体，手垂放裤缝上面）我不敢再惊吵您。有没有什么命令？

赫　　　什么命令？

法　官　我指的是您对于本县法院有没有什么命令？

赫　　　那是为什么？我现在并没有任何需要；不，没有什么。多谢您。

法　官　（鞠躬而退，向旁言）好了，是我们的天下了！

赫　　　（他走后）法官是一个好人！

第四场　赫莱司达阔夫与邮政局长

（走进来，挺直身体，身穿制服，手持佩剑）

邮局长　邮政局长、七等文官施其金进见。

赫　　　请吧！我很喜欢交有趣的朋友。请坐。您永远在这里居住吗？

邮局长　是的。

赫　　　我很喜欢这个城市。当然居民不很多，——那有什么关系？这里并不是京城。不是吗，这里不是京城呀？

邮局长 完全实在的话。

赫 唯有京城里才有漂亮的角色，没有乡下佬。您的意思如何，对不对？

邮局长 对的。（向旁言）但是他一点也不骄傲：尽盘问一切的事情。

赫 你说实话，小城里也可以生活得十分快乐，是不是？

邮局长 是的。

赫 据我看来，最需要什么？只需要有人尊敬你，诚恳地爱你，——不是吗？

邮局长 完全对的。

赫 说实话，我很喜欢您和我意见相合。人家自然要称我为怪人，但是我就是这样的性格。（目视他，自言自语）让我来问这邮政局长借钱。（出声）我出了一桩奇怪的事情：路上钱完全花光了。您能不能借我三百卢布？

邮局长 为什么不能？这是我很大的幸福。请拿去吧，我是从良心上准备给您效劳的。

赫 谢谢。说实话，我最不爱在旅行的时候一切从简。而且那又何必呢？不是吗？

邮局长 是的。（立起身来，挺直身体，手持佩剑）我不敢再惊吵您。……对于邮务管理方面有没有什么意见？

赫 没有，什么也没有。

邮政局长鞠躬退下。

赫 （吸雪茄）邮政局长我看也是很好的人。至少是肯帮忙的。我爱这类的人。

第五场　赫莱司达阔夫与学校视察员

被人家从门外推入。他身后传出一句极响的话语：“你为什么这样胆小？”

视察员　（挺直身体，微带战栗，手持佩剑）学校视察员，九等文官赫洛博夫进见。

赫　请吧！请坐，请坐！不要吸雪茄烟吗？（授以雪茄）

视察员　（自言自语，迟疑不决）给你一个难题目做！这真是怎么也料想不到的。取不取呢？

赫　拿吧，拿吧；这雪茄还好。自然和彼得堡的不同。我在那里吸二十五卢布一百支的雪茄，抽了以后，简直就要吻自己的手。火在这里，你抽吧。（授以蜡烛）

视察员　（试着抽吸，全身抖索）

赫　不是那头！

视察员　（吃了一惊，雪茄掉落，唾了一口痰，挥手一下，自言自语）真倒霉！可恶的胆怯害了事！

赫　我看您不喜欢抽雪茄烟。说实话，抽雪茄是我的一个癖好。还有关于女性，我怎么也不能让她感到冷淡。您怎么样？您喜欢哪一种女人，——黑发呢？还有黄发？

视察员　（持着十分迟疑的态度，不知道怎样说的好）

赫　请您公开地说：黑发的？还是黄发的？

视察员 我不知道。

赫 不，不，您不要推托！我一定想知道您的趣味。

视察员 报告您……（向旁言）我连自己也不知道说什么话。

赫 哈！哈！您不肯说。一定有一位黑发的女人把您的嘴封上了。说实话，对不对？

视察员 （沉默不言）

赫 啊！啊！脸红了吗？您瞧！您为什么不说话？

视察员 我胆怯了，大……大……大人……（向旁言）讨厌的舌头把我卖了，把我卖了！

赫 胆怯了吗？在我的眼睛里真是有可以引起人家胆怯的魅力。至少我知道有一个女人能吃得住我的眼神的，不对吗？

视察员 对的。

赫 我出了一桩奇怪的事情：路上钱完全花光了。您能不能借我三百卢布？

视察员 （摸他的口袋，自言自语）假使没有，那才糟呢！有的，有的。（把钞票掏出来，一面抖索，一面递过去）

赫 谢谢。

视察员 （挺直身体，手持佩剑）不敢再惊吵您。

赫 再见吧。

视察员 （跑下，向旁言）阿弥陀佛！大概不会到课堂里来的了！

第六场　赫莱司达阔夫
与慈善机关管理员（挺直身躯，手持佩剑）

管理员　慈善机关管理员、七等文官宰姆略尼卡进见。

赫　您好呀，请坐。

管理员　我曾伴您参观我所管理的慈善机关。

赫　是的！我记得的。您的早饭做得很好。

管理员　一点孝敬您的意思。

赫　说实话，这是我的弱点，——我爱吃好菜。请问您，我觉得昨天您的身材好像矮些，不对吗？

管理员　也许。（沉默）我可以说的是我不惜一切，勤奋地执行职务。（把椅子挪近些，低声说）本地的邮政局长什么事情也不做：公事十分荒废，邮包积压许多日子……您自己可以特地去调查一下。刚才在我以前进来的法官，也是这样，尽出外打猎，在衙门里养狗，他的行为，如果说实话，——自然我这么做，是为了国家的利益着想，虽然他是我的亲戚和朋友，——他的行为真是不堪之至。此地有一个地主道勃钦司基，这人您已经见过了，这道勃钦司基从家里刚出门，他就跑到他的妻子那里去坐着，这话我敢起誓的……您不妨看一看那几个孩子：没有一个像道勃钦司基，所有的孩子全像法官，连小女孩也在内。

赫　　原来这样！那我是怎么也想不到的。

管理员　还有那个学校视察员……我不知道上司怎么能把这种职务托付给他；他比雅各宾党[①]还坏，把激进的思想法则灌输给青年，真是使人难于描述。您要不要，我可以在纸上详细写出来？

赫　　好的，写出来也好。我会感到愉快的。我爱在烦闷时候读一点逗趣的东西……您贵姓？我尽忘记。

管理员　宰姆略尼卡。

赫　　是的，宰姆略尼卡。请问您：您有没有孩子？

管理员　有的！有五个；两个是成人。

赫　　居然成人了！他们怎么样……他们是哪个……

管理员　您是不是问他们叫什么名字？

赫　　是的，他们叫什么名字？

管理员　尼古拉、伊凡、叶丽萨魏达、玛里亚和潘莱彼图耶。

赫　　很好。

管理员　不敢惊吵您，夺去您应该用在神圣责任上面的时间……（鞠躬后预备退出）

赫　　（送他）不，不要紧。您说的话很可笑。以后也请你这样说……我很喜欢。（转回身去，开门向他喊叫）喂！您叫什么名字？我老忘记您的名字和父名。

管理员　阿尔铁姆·费里帕维奇。

赫　　对不住，阿尔铁姆·费里帕维奇，我出了一桩奇怪的事情：路上钱完全花光了。您有没有钱借给我——三百块？

---

① 18世纪法国资产阶级革命时期的激进的革命派，施行“雅各宾专政”。——译者注

管理员 有的。

赫 真巧。谢谢您。

第七场 赫莱司达阔夫，鲍勃钦司基与道勃钦司基

鲍 本地居民彼得·伊凡诺维奇·鲍勃钦司基进见。

道 地主彼得·伊凡诺维奇·道勃钦司基进见。

赫 我已经看见过您了。您好像摔了一跤，是不是？您的鼻子怎么样？

鲍 靠上帝保佑！请不必操心：干了，现在完全干了。

赫 干了，很好。我很喜欢……（忽然坚决地说）你们有钱没有？

道 钱？什么钱？

赫 借一千卢布。

鲍 这个数目实在没有。您有没有，彼得·伊凡诺维奇？

道 我身边没有，因为我的钱，您要知道，全放在公护局[1]里。

赫 是的，假使没有一千，一百也可以。

鲍 （在袋里搜索）彼得·伊凡诺维奇，你有没有一百卢布？我只有四十。

---

① 俄国当时一种办事机构。经办慈善事务，也办理货币存贷业务。——译者注

道　（看皮夹）只有二十五。

鲍　您最好多找一找，彼得·伊凡诺维奇！我知道您的右面的口袋里有一条裂缝，也许会落在缝里的。

道　不，实在的，裂缝里没有钱。

赫　一样的。我是随便的。也好，就是六十五卢布也好。……这是一样的。（收钱）

道　我请求您一件很琐细的事情。

赫　什么事？

道　很琐细的事情：我的大儿子是我在结婚以前生的……

赫　是吗？

道　那就是这么说说罢了。其实他完全是我生的，和结婚后所生的一样，我以后就履行了法定的婚姻的手续。现在我想让他完全成为我的合法的儿子，和我一样，姓道勃钦司基。

赫　好的，就姓这个好了，这是可以的。

道　我本来不敢麻烦您，不过很可惜他的才能。这孩子……有很大的希望：背得出各种的诗句；只要在什么地方找到一把小刀，立刻会雕刻出小车，刻得那样细巧，像魔术师一般。彼得·伊凡诺维奇也知道的。

鲍　是的，他有极大的才能。

赫　好的，好的！我竭力去想办法，我去说话。……我希望……一切都可以办到，是的，是的……（向鲍勃钦司基）您有没有什么话对我说？

鲍　有的，有一个很低卑的请求。

赫　什么事？

鲍　在您回到彼得堡去以后，请您告诉所有那些大官们，元老院议员和海军上将们说：某城里住着一个人，名叫彼得·伊凡诺维奇·鲍勃钦司基。您就说：有彼得·伊凡诺维奇·鲍勃钦司基住着。

赫　很好。

鲍　如果见到皇上，就对皇上说：陛下，在某城里住着一个人，名叫彼得·伊凡诺维奇·鲍勃钦司基。

赫　很好。

道　我们到这里来惊吵您，对不住。

鲍　我们到这里来惊吵您，对不住。

赫　不要紧，不要紧！我很愉快。（送他们出）

第八场　赫莱司达阔夫（一人）

赫　这里有许多官员，但是我觉得他们把我当做大人物。昨天我对他们说了许多大话。真是愚蠢！我要把这一切事情写信给彼得堡的脱略皮慈金。他时常写些小文章，——让他把他们好生嘲笑一番。喂，渥西布！取纸和墨水来！（渥西布在门外窥视，应声说："就来了。"）只要有人撞到脱略皮慈金手里，——就须小心：他对亲生父亲也不会饶恕一句的，而且还爱金钱。这些官员倒是很好的人；他们肯借给我钱，在他们的方面这倒是一种优点。让我特地来点一点，我有多少钱。这是法官的三百，邮政局长的三百，六百，七百，八百……这张钞票真油腻！八百，九百……喔唷！到了一千……现在，上尉，只要你现在在我面前出现！我们来瞧瞧，谁输谁赢！

第九场　赫莱司达阔夫与渥西布（持墨水与纸张）

赫　你瞧，傻子，他们如何款待我，如何招待我？（起始写信）

渥　是的，谢天谢地！不过您要知道，伊凡·阿历山大维奇？

赫　什么？

渥　赶紧离开这里！真是的，该走了。

赫　（写）这才无聊呢！为什么？

渥　得了吧！已经玩了两天，——也就够了。何必尽同他们打交道？不要管他们！弄得运气不好：有别的人来到的……真是的，伊凡·阿历山大洛维奇！这里的马是很好的，——可以痛痛快快地赶一程路！……

赫　（写）不，我还想在这里住一阵子。明天再说吧。

渥　为什么明天呢？真是的，我们现在就走吧，伊凡·阿历山大洛维奇！虽然住在这里有很大的荣耀，但是您知道，最好是赶快离开这里：他们一定把您认作另外一个人。……而且我们这样耽误时间，老太爷要生气的。我们可以有趣地赶一程路！他们会拨给我们雄壮的马。

赫　好吧。你先把这封信送去，同时取一张旅行券。你要叫他们预备好马。你对马夫们说，我每个人赏他们一个卢布，假使他们能像送机要信使似的送我，同时还要唱歌！……（续写）我料得到，脱略皮慈金会笑死的……

渥　我打发这里的听差送信，自己去收拾行李，免得白费时间。

赫　（写）好的，再去取一支蜡烛来。

渥　（下场，在幕后说话）喂，老哥！你把一封信送到邮政局去，对邮政局长说，让他收下，免费发出去，还叫他立刻派发一辆最好的三套马车来，给我们老爷使用。你还说：这应该归公费开支，我们老爷不付钱的。你叫他快点办，否则，我们老爷就要生气。等一等，信还没有预备好呢。

赫　（续写）有趣的是不知道他现在在哪里住，——在邮政街呢，还是在莞豆街？他也是爱时常搬来搬去，欠下房租不付的。我就碰运气，写到邮政街去。（叠纸，并书写信封）

渥西布取蜡烛上。赫莱司达阔夫封信。这时候听见台尔日莫尔达的声音。

台　往哪里钻，你这大胡子！对你说过，什么人也不许进去。

赫　（将信交与渥西布）喏，送去吧。

商人的声音　让我进去吧，老爷子！您不能不让我进去：我有公事。

台尔日莫尔达的声音：走吧，走吧！不见客，睡觉呢。

喧声渐增

赫　什么事，渥西布？你去看，吵什么？

渥　（向窗外望）有几个做买卖的想进来，警察不放他们。手里挥摇着一些纸张，一定想见您。

赫　（走近窗前）你们有什么事情？

商人的声音：我们有事求见。请您收下我们的状子。

赫　让他们进来，放他们进来！让他们来好了。渥西布，你对他们说：让他们进来。

渥西布下

赫　（从窗内接下呈文多件，打开一张，诵读起来）“商民阿勃杜林呈财政先生大人阁下……”见鬼，这样的职衔是没有的！

第十场　赫莱司达阔夫与商人们（持酒一篮和大块糖数块）

赫　你们有什么事？

商人们　我们来给大人叩头。

赫　你们有什么事？

商人们　救救我们，大人！我们无缘无故受着冤屈。

赫　谁给你们冤屈受？

商人们　全是本地的市长。这样的市长是从来没有看见过的。

我们受的气真是无从描写。他征收苛税，弄得我们只好上吊！他的行为十分不端。抓住人家的胡子，说道：“你这个鞑靼人[1]！”真是的！假使我们有什么不尊重他的地方还可以说，但是我们永远照着规矩去做：凡是应该给他的夫人和小姐做点衣裳穿的费用，我们并不反对。不行，他总觉得这一点太少，——真是的，真是的！他一上铺子，碰到什么，就取什么。看见了一匹呢子，就说：“这是很好的呢子，送到我家里去吧。”只好给他送去，但是一匹呢子至少有五十俄尺[2]。

赫　真的吗？他真是骗子！

商人们　真是的！这样的市长谁也从来没有看见过。只要一看见他来，就得把铺子里的东西全都藏起来。精致的东西不必说，就是乱七八糟的东西他也要拿：有一种黑枣已经放在桶里七年，连我铺子里的伙计都不要吃，他却整把地抓取。他的命名日[3]本来是安东，在那一天已经送去了不少东西，一点也没有短少！但是不行，还要送礼，他说，渥　奴佛里也是他的命名日。有什么法子？在渥　奴佛里的日子也只好送去。

赫　这简直是强盗。

商人们　真是的，真是的！如果你想抗议，市长就会打发整营的人到你家里来讨税。弄得不好，还把你的门封起来。他说：“我不对你使用体罚，也不上苦刑，这是法

① 含义为：无赖，刁民。——译者注
② 1俄尺等于0.71米。——译者注
③ 俄国人常常用圣徒的名字来命名，每逢纪念该圣徒的节日，就是该人的命名日。——译者注

律禁止的，但是让你喝西北风去，吃吃我的苦头。”

赫　真是坏蛋！做这种事可以遣送到西伯利亚去的。

商人们　无论您把他怎样处置都好，只要离我们远些。您不要嫌弃一点粗东西：糖和酒。

赫　你们不要想错念头；我不收任何贿赂。譬如说，假使你们能借我三百卢布，——那是完全另外一件事情：借款我可以收的。

商人们　好的。（掏钱）三百太少！不如拿五百去吧。但是求您能帮我们的忙。

赫　借钱我没有话可说，我可以收。

商人们　（钱放在银盘上递过去）请您把小银盘也一块儿收下了吧。

赫　小银盘是可以的。

商人们　（鞠躬）那么连糖也一下子收了吧。

赫　不，我不收任何贿赂……

渥　大人！您为什么不收？收吧！路上都有用的。把糖和酒都拿来吧！全拿来！将来都有用的。那是什么？绳子吗？把绳子也拿来，——连绳子在路上也有用的：车子碰坏了，或是有什么别的事情，可以用来绑一绑。

商人们　请您费心吧，大人！假使您不肯帮忙，我们不知道怎么办；简直只好上吊。

赫　一定的，一定的！我来想法子。（商人们下）

听见女人的声音：不，你不能不放我进去！我会告你！你不能把人推得这样疼。

赫　谁在那里？（走近窗前）你有什么事？两个女人的声音：大人，求求您！听我们说句话。

赫　　（向窗外）放她们进来。

第十一场　赫莱司达阔夫，铜匠女人和士官的妻子

铜匠女人　（跪下）我求您……

士官妻　求求您……

赫　　你们这些女人是做什么的？

士官妻　士官的妻子伊凡诺瓦。

铜匠女人　铜匠女人，本地的小市民，费佛郎耶·彼得洛瓦·博施莱布金那……

赫　　等着，让一个人先说。你有什么事情？

铜匠女人　我来告市长！但愿上帝降给他各种灾难！让他的子女，他这混蛋自己，他的叔父和婶母们过不到一天好日子！

赫　　什么事？

铜匠女人　他吩咐剃去我的丈夫额角上的头发，送去当兵，其实还不应该轮到我们。这人真坏极了！他是已经结婚的人，照法律是不许的。

赫　　他怎么能这样做呢？

铜匠女人　他竟这样做了，他竟这样做了，但愿上帝降罪罚到他身上！假使他有婶子，让他的婶子受人家的糟蹋；假使他的父亲还活着，让他冻死或是噎死。这坏东

西！本来应该让裁缝的儿子去当兵，他是醉鬼，但是他的父母送了一份厚礼；他挑选上了商家的女人潘帖莱也瓦的儿子，潘帖莱也瓦也送了三匹布给他的太太，他只好找上我了。他说："你要丈夫做什么用？他对于你已经没有用了。"有用没有用，我自己知道，这是我的事情。他说："他做过贼；现在他虽然不偷东西，但是他总归一样要偷的，明年也要把他送去当后备兵。"但是我没有丈夫，该怎么办呢？我是一个软弱的人。你这混蛋！让你的全家都见不到天日！假使有婶母，让你的婶母……

赫　好的，好的。你呢？（推老太婆下）

铜匠女人　你不要忘记呀，大人！你慈悲些呀！

士官妻　我来告市长……

赫　什么事？为什么？说得短一点。

士官妻　他揍我，大人！

赫　怎么？

士官妻　因为误会！有几个女人在市场上打架，巡警没有赶到。后来就抓了我去，打了我一顿，有两天坐不起来。

赫　现在怎么办呢？

士官妻　自然没有法子可想。但是他弄错了人，应该叫他付出罚金。我只好自认倒霉，现在我倒极需要钱用。

赫　好的，好的！你去吧！我来下命令。（几只手持呈文从窗里伸进来）还有什么人在那里？（走近窗前）不要了，不要了！不用，不用！（离开窗子）讨厌死了！不要再放进来，**渥**　西布！

渥　（向窗外喊）去吧，去吧！没有工夫，明天来！

门开后，穿粗毛布大衣，胡须没有剃光，嘴唇肿起，脸颊上用绷布扎住的一个人想挨进来，他身后还有几个别人。

渥　　去！去！进来做什么？（两手挺住那人的肚子，和他一道推出门去，把门关上）

第十二场赫莱司达阔夫与玛里亚·安东诺夫纳

玛　　啊哟！

赫　　您为什么这样害怕；小姐？

玛　　不，我不害怕。

赫　　（装腔作势）好极了，小姐，我很痛快，您把我当做那样的人……请问您，您打算到那里去？

玛　　我不到那里去。

赫　　为什么您不到那里去？

玛　　我心想，母亲在这里……

赫　　不，我愿意知道，为什么您不到那里去？

玛　　我妨碍您。您在那里办要紧公事。

赫　　（装腔作势）您的眼神比要紧公事还好……您不会妨碍我，怎么也不会的；相反地，您可以引起快乐。

玛　　您的说话带着京城里的气派。

赫　　对于像您这样美丽的女郎是应该如此的。可以不可以请您坐下谈谈？但是您不应该坐椅子，应该坐宝座。

玛　　我真是不知道……我要走。（坐下）

赫　　您的头巾真美丽！

玛　　您喜欢嘲笑人，您只是想笑笑我们乡下人罢了。

赫　　我真愿意做您的头巾，时常拥抱您的皙白的玉颈。

玛　　我完全不明白您说什么话：那块头巾有什么……今天的天气真奇怪！

赫　　你的嘴唇比任何天气都好。

玛　　你尽说这种话……我求您在手册里给我写几句诗，以作纪念。您一定知道得很多。

赫　　为您是极愿尽力的。您要写什么诗？您要求好了。

玛　　随便什么，——好的，新的。

赫　　诗句呀！我是知道得很多的。

玛　　您说一说，您给我写什么诗呢？

赫　　何必说呢？我知道很多。

玛　　我很爱诗……

赫　　我有各色各样的诗。我可以给您写这个："你在忧虑中不必怨尤上帝，人呀！……"还有别的句子……现在不记得了；但这是没有关系。我想献给您的是我的爱情，我一看到您就……（挪近椅子）

玛　　爱情！我不了解爱情……我从来不知道什么是爱情……（挪开椅子）

赫　　为什么您挪开椅子？我们最好坐得近些。

玛　　（挪远些）为什么近些？远些也是一样。

赫　　（挪近些）为什么远些？近些也是一样。

玛　　（挪远些）这何必呢？

赫　　（挪近些）这样您觉得近；您可以当它是远的。假使我能够把您拥在怀里，我是多么幸福呀。

玛　（望窗外）那是什么？好像有什么东西飞过？是不是乌鸦？或者是另外一种鸟儿？

赫　（吻她的肩，望窗外）是一只乌鸦。

玛　（愤怒地起身）不，这太过分了……真是无礼！……

赫　（拦住她）对不住，小姐。我这样做是出于爱情，真是出于爱情。

玛　您把我看做乡下姑娘了……（竭力想走下）

赫　（继续拦她）出于爱情，真是出于爱情。我只是闹一下玩笑。请您不要生气，玛里亚·安东诺夫纳！我准备跪下来请求您的饶恕。（跪下）对不住，对不住！您看，我跪下了。

第十三场　上场人物
与安娜·安德列夫纳

安　（看见赫莱司达阔夫跪着）哎哟，真是笑话！

赫　（立起）见鬼！

安　（向女儿）这是什么意思？这是什么行为？

玛　妈妈，我……

安　滚开！你听见没有？快走快走！以后不许再来。

（玛里亚·安东诺夫纳含泪下）对不住，说实话，这使我十分惊讶。

赫　　（向旁言）这女人也很有滋味，很不坏。（跪下）夫人，您看，我为了爱情，浑身发烧。

安　　您为什么跪下？起来吧,起来吧！这里地板很不干净。

赫　　我要跪下，我一定要跪下。我要知道，我命中注定的是什么，生命呢，还是死亡？

玛　　对不住，我还没有弄明白这句话的意义。如果我没有弄错，您是为了我的女儿的事情和我解释吧。

赫　　不是的，我爱上您了。我的性命已到了千钧一发的时候。假使您不能满足我的永恒的爱情，我不值得再活在世上了。我胸怀着爱情火焰，向您求婚。

安　　但是您要注意：我已经有点……我已经出嫁了。

赫　　这没有什么！爱情是没有区别的。卡拉姆静说：“律法不容。”我们可以退隐到浓阴下面的清泉……向您求婚，向您求婚。

第十四场　上场人物
与玛里亚·安东诺夫纳（忽跑入）

玛　　妈妈，爸爸说叫您……（看见赫莱司达阔夫跪着，呼喊出来）哎哟，真是笑话！

安　　你怎么啦？什么意思？为什么？那样轻浮！忽然跑了进来，像受了煤熏的猫。你发现什么奇怪的地方？你心里转什么念头？真像 3 岁的小孩。不像，不像，完全不像，她已经有18岁了。我不知道你什么时候会聪明些，什么时候可以做出一点受教育的女郎应该做的样子来；什么时候你才能知道，什么是好规矩，什么是稳重的举动。

玛　　（含泪）妈妈，我真是不知道……

安　　你的脑筋里永远有一阵穿堂风旋转着；你学略布金—贾布金的女儿们的榜样。你看她们做什么！你不必看她们。你有别的榜样可以学一学，——有你的母亲在你的面前。你应该学这种榜样。

赫　　（拉女儿的手）安娜·安德列夫纳，请您不要反对我们的幸福，祝福我们的永恒的爱情！

安　　（惊讶）这么说，您爱她吗？

赫　　请您决定一下：生命呢，还是死亡？

安　　你瞧，你这傻子，你瞧：为了你，为了你这烂货，客人竟跪在地上。突然跑了进来，像疯子一般。我真该故意拒绝他：你是不配享受这样的幸福的。

玛　　不啦，妈妈；我下次不啦。

第十五场　上场人物与市长（急上）

市　长　大人！饶了我吧！饶了我吧！

赫　　您出了什么事？

市　长　商人们刚才来向大人告状。我用名誉担保，他们所说的话一大半是并无其事的。他们自己欺骗市长，秤量不足。士官的妻子说我揍打她，那是瞎说！她是胡说八道，真是胡说八道！她自己揍打自己。

赫　　随这士官的妻子说去好了，我才不管她呢！

市　长　您不要去相信,不要去相信！他们全是撒谎的人。……小孩子都不会相信他们的。他们的好撒谎，在这城里是出名的。至于他们那种欺诈行为，我敢报告：他们是世界上从来没有见过的骗子手。

安　　你知道不知道，伊凡·阿历山大洛维奇赐给我们多大的荣耀？他对我们的女儿求婚。

市　长　什么？什么？……你疯了吗，母亲？大人，您不要发怒：她有点傻劲，和她的母亲一样。

赫　　是的，我真的求婚。我爱她。

市　长　我不相信，大人！

安　　人家对你说正经话。

赫　　我说的不是开玩笑的话。……我爱到发疯的地步。

市　长　我不相信，我不配领受这样的荣誉。

赫　　是的，假使您不答应我和玛里亚·安东诺夫纳结婚，我会准备……

市　长　我不相信，您开玩笑呢，大人！

安　　真是木头！人家对你正正经经地讲着，那便怎么样呢？

市　长　我不相信。

赫　　你答应了吧，答应了吧！我是不顾一切的人，我会做出一切的事情来：假使我举枪自杀，会把您送到法庭上去的。

市　长　哎哟，真要命！我实在是没有错，在精神和肉体两方面都没有错！您不要发怒！就照您的意思办理吧！我的头里现在真是……我自己也不知道是什么回事。现在我成为一个从来未有的傻子。

安　　　那么你就祝福吧！

赫莱司达阔夫同玛里亚·安东诺夫纳走近过去。

市　长　愿上帝赐福给你们！然而我是没有错处的！（赫莱司达阔夫和玛里亚·安东诺夫纳亲吻。市长看着他们）见鬼！果真是的！（擦眼）居然接吻呢！啊哟，老天爷，居然接吻呢！和未婚夫一样。（喊叫起来，喜悦得跳跃不止）安东！安东！市长！事情竟到了这个地步！

第十六场　上场人物与渥西布

渥　　　马车预备好了。

赫　　　好的……我就走。

市　长　怎么？您要走吗？

赫　　　是的，我就要走。

市　长　那就是说正当……您好像自己提到关于婚姻的事情，是不是？

赫　　　这……这只是暂时，只有一天，到叔父家去一趟，——他是一个有钱的老人；明天就回来。

市　长　不敢留您，希望您顺利地回来。

赫　　自然喽，自然喽。再见吧，亲爱的……不，我简直不能加以形容！再见吧，宝贝！（吻她的手）

市　长　您路上需要点什么东西？您好像缺钱用，是不是？

赫　　不，不必了。（稍微想了一下）但是拿一点也好。

市　长　要多少？

赫　　那一次您给了我二百，不是二百，是四百，——你弄错了，我不愿意加以利用，——现在或者再借这个数目，凑成八百。

市　长　有的！有的！（从皮夹内掏出）恰巧还是最新的钞票。

赫　　啊，是的！（收下钞票，加以审视）这很好。人家说，用新钞票，可以得到好运道，是不是？

市　长　是的。

赫　　再见吧，安东·安东诺维奇！很感谢您的招待。我从整个心灵里直说出这句话：我在哪里也没有得到这样好的招待。再见吧，安娜·安德列夫纳！再见吧，我的爱人，玛里亚·安东诺夫纳！（同下）

幕后

赫　声　再见吧，我的安琪儿，玛里亚·安东诺夫纳！

市长声　您这是怎么啦？您一直就坐这种马车吗？

赫　声　是的，我已经习惯了。我坐弹簧马车会头痛的。

马夫声　特鲁，特鲁……

市长声　至少应该用什么东西铺一铺，地毯也可以。要不要，我吩咐他们取一张小地毯来？

赫　声　不，不必了。这没有什么意思。然而拿一块小地毯来也好。

市长声　喂，阿夫道姬耶！到堆房里去取一块最好的地毯来，——湖色的边缘，波斯造的，快些！

马夫声　特鲁，特鲁……

市长声　什么时候回来？

赫　声　不是明天，便是后天。

渥　声　这是地毯吗？拿到这里来，这样放！现在在这一头放上一点干草。

马夫声　特鲁，特鲁……

渥　声　就放在这儿！这儿！再放一点！好了！现在妙极了！（手击地毯）现在坐下吧，大人！

赫　声　再见吧，安东·安东诺维奇！

市长声　再见吧，大人！妇女声音：再见吧，伊凡·阿历山大洛维奇！

赫　声　再见吧，妈妈！

马夫声　走吧，快飞的马！

小铃齐响；幕落。

第五幕　和上幕相同的屋子

第一场　市长，安娜·安德列夫纳与玛里亚·安东诺夫纳

市　长　安娜·安德列夫纳，怎么样？你能想得到吗？这是丰厚的战利品，你要知道，你这坏东西！你老实承认：你连梦也没有做到——一个普通的、市长的女人，忽然……你这坏东西！……忽然和这样的魔鬼结起亲戚来了！

安　不，我早就知道了。你才觉得奇怪，因为你是普通人，从来没有看见过正经的人。

市　长　我自己就是正经的人。但是你想一想，安娜·安德列夫纳，你我现在成为怎样的一头鸟儿！真见鬼，成为一头高飞的鸟儿！等一等，现在我要给那些专门喜欢递状子告密的人们一点颜色看看！喂，谁在那里？（警察入）喂，伊凡·卡尔帕维奇！把那些商人们叫来！

我要把他们这些匪徒收拾一下！让他们去告我！真是可恶的犹太民族！等一等，你们这些宝贝！我以前还对你们客气，现在可要不客气了。你把那些跑来告发的人们记载下来，特别是替写状子的书记们。你对大家说，让他们知道上帝赐给市长极大的荣耀，他的女儿许配给不是普通的人，许配给世上没有，什么事情都能做的人！你去对大家宣布，让大家知道。对全城的人喊叫，撞起钟来，既然得意，就得意一下。（警察下）就是这样，安娜·安德列夫纳！我们现在怎么样？到哪儿去住？这里呢，还是彼得堡？

安　　自然往彼得堡，怎么能留在这里呢？

市　长　彼得堡就是彼得堡；其实这儿也很好。我以为这市长可以不必再当，你以为如何，安娜·安德列夫纳？

安　　自然喽！尽当市长有什么意思？

市　长　你以为怎样，安娜·安德列夫纳，现在可以谋到一个大职位，因为他和所有大臣们都是好朋友，并且时常进宫。因此，我的官职也会升起来，慢慢儿升到将军的地位。你以为怎样，安娜·安德列夫纳，可以升到将军的地位吗？

安　　当然！自然可以的。

市　长　当将军真是有趣，肩头上挂一根绶带。哪一种绶带好，安娜·安德列夫纳，红色的还是湖色的？[1]

安　　自然最好是湖色的。

市　长　你竟然想的是这个！有了红色绶带也好。为什么想做将军？——因为到什么地方去，就有传令兵和副官在

① 红色为安娜勋章，湖色为安德烈勋章。——译者注

前面跑着："快预备好马呀！"在驿站上任何人都得不到马，大家全等着：全是八九等文官，上尉和市长，而你连鼻孔里哼也不必哼一下。你到总督那里吃饭，但是一个小市长一辈子到那个地方也去不成的！哈，哈，哈！（笑得喘不过气来）这真能引动人，这坏东西！

安　你尽喜欢说粗话。你应该记得，必须完全变更生活，以后你的朋友们不是那个爱养狗的法官，你和他同去猎兔的，或是什么宰姆略尼卡；你的朋友们以后是举止很优雅的伯爵们，和体面社会的人士……不过我真担心你；你有时会说出上等社会里从来不说的话语。

市　长　什么？话语是不会害事的。

安　你当市长的时候，还好；但是到了那里，生活就完全两样了。

市　长　是的。听说那里有两种鱼：鲤鱼和香鱼，味道鲜得吃的时候会流出涎沫来的。

安　他只是想吃鱼，我却想使我们的家成为京城中第一流的家庭，我的屋里香得走不进去，只好眯上眼睛。（眯眼，并嗅闻）啊，真好呀！

第二场　上场人物与商人们

市　长　好呀，鹰儿们！

商人们　（鞠躬）您好呀，老爷！

市　长　你们都好吗？货物销得怎样？你们这些人为什么去告状？你们这些骗子手，混蛋！你们告状吗？赢了吗？心想，可以把他送进监狱里去！你们知道不知道，有七个鬼和一个女魔落到你们的牙齿里去……

安　　　啊哟，要命极了！安东，你说的是什么话！

市　长　（做不愉快色）现在管不了说什么话了！你们知道不知道，你们向他告状的那个官员现在快要娶我的女儿了？怎么样？现在你们有什么话可说？现在我可以收拾你们了！……你们欺骗人民……和国库订立承包合同，承办破烂的呢子，骗了十万块钱，以后又捐出了二十俄丈，还因此领到奖赏！假使人家一知道，你就……还挺出肚子，说我是商人，谁也不敢动一动。还说："我们不比贵族们差些。"要知道贵族研究的是科学：他虽然在学校里挨揍，但是干的是正事。他知道是有益的。你是什么？你一开始就是骗子。老板打你，就为了你的不会骗人。你在小孩子的时候，还不认识字，就学会了秤货物不够分量；等到肚皮慢慢地大起来，口袋渐渐地满起来，就神气活现了。你这种人真是从来没有看见过的！因为你每天喝十六次的茶壶，因此就神气活现了么！我才不理你那种神气活现的样子！

商人们　（鞠躬）我们错了，安东·安东诺维奇！

市　长　告状吗？你建筑那座桥梁，呈文上说需用两万卢布的材料，其实一百卢布还用不了，那是谁帮你瞒哄的？我帮助你的，你这山羊胡子！你忘掉了吗？我如果把你告发，也可以遣送你到西伯利亚去的。——你怎么说呢？

某商人 错了，安东·安东诺维奇！魔鬼把我迷住了心。我们后悔了。随便什么处置都可以，只是不要发怒！

市　长 不要发怒！你现在跪在我的脚下。为什么？——就因为我得了胜利；但是假使在你的方面占了一点势力，你会把我推到烂泥里去，上面还堆上一块木头。

商人们 （深深地鞠躬）饶命吧，安东·安东诺维奇！

市　长 “饶命吧！”现在是“饶了命吧！”但是以前怎么样？我真要把你们……（挥手）上帝饶恕你们！算了吧！我是不记仇的；现在你们留神点，耳朵竖得尖尖的！我的女儿嫁给一位非同小可的贵族：必须预备贺礼……明白吗？不能拿一点白鱼或一块糖块敷衍了事的……你们走吧。

商人们下

第三场　上场人物，法官，慈善机关管理员与拉司达阔夫司基

法　官 （站在门前）谣言可信不可信，安东·安东诺维奇？一件特别的喜事落到你们的头上来了吗？

管理员 这特别的喜事是应该道贺的。我听到了以后，从心灵里高兴出来。（走到安娜·安德列夫纳面前，和她拉手）安娜·安德列夫纳！（和玛里亚·安东诺夫纳拉手）

玛里亚·安东诺夫纳！

拉　　（入）安东·安东诺维奇，给您道喜。愿上帝给你们和未来的新配偶延寿，子孙万代，绵延不绝！安娜·安德列夫纳！（和安娜·安德列夫纳拉手）玛里亚·安东诺夫纳！（和玛里亚·安东诺夫纳拉手）

第四场　上场人物，郭洛勃金夫妇与陆陆阔夫

郭　　安东·安东诺维奇，恭喜，恭喜！安娜·安德列夫纳！（和安娜·安德列夫纳握手）玛里亚·安东诺夫纳！（和玛里亚·安东诺夫纳握手）

郭　妻　恭喜您，安娜·安德列夫纳。

陆　　恭喜，安娜·安德列夫纳！（走过去握手，转向观众，咂响舌头，做出旁若无人的样子）玛里亚·安东诺夫纳！恭喜！（走过去握手，对观众做出相同的样子）

第五场

穿常礼服和燕尾服的许多客人先走到安娜·安德列

夫纳面前和她握手，说道：“安娜·安德列夫纳！”以后走到玛里亚·安东诺夫纳面前，说：“玛里亚·安东诺夫纳！”鲍勃钦司基和道勃钦司基推开众人，走过去。

鲍　　恭喜！

道　　安东·安东诺维奇！恭喜！

鲍　　大喜，大喜！

道　　安娜·安德列夫纳！

鲍　　安娜·安德列夫纳！

道　　玛里亚·安东诺夫纳！（握手）恭喜您。您可以享受极大、极大的幸福，穿金衣裳，吃各种精致的汤，很有趣地打发日子。

鲍　　（打岔）玛里亚·安东诺夫纳！愿上帝给您各种财富、金钱，和一个小小的儿子，这样大小！（用手作比）可以放在手掌上面！小孩子喊嚷着：哇！哇！哇！

第六场

又有几个客人走去握手。学校视察员夫妇上。

视察员　恭喜……

视察员妻　（向前跑）恭喜您，安娜·安德列夫纳！（互吻）我真高兴。人家说：“安娜·安德列夫纳的女儿出嫁了。”——“哎哟，那真好！”——我心里想着，喜欢得对丈夫说：“你听着，罗加，安娜·安德列夫纳的福气真好！”我心里想：“这是上帝赐福的！”便对他说：“我真是高兴，心里发出一股不耐烦的心愿，想赶紧当面向安娜·安德列夫纳道喜！……”我又想：“哎哟，安娜·安德列夫纳就希望给她的女儿选择一个好姑爷，现在却得了这样的命运：一切如她的心愿。”我竟高兴得说不出话来了。我哭呀，哭呀，简直哭不成声。罗加·罗基奇说：“你为什么哭，娜司钦卡？”——我说：“罗加，我自己也不知道，眼泪像河水似的流着。”

市　长　请坐，诸位！米士卡，多拿点椅子来！

客人们坐下。

第七场　上场人物，区警察署长与警察们

警局长　恭喜您，大人，多福多寿。

市　长　谢谢，谢谢！请坐，诸位！

客人们坐下。

法　官　请问您，安东·安东诺维奇，这事是怎样开始的？这事情是怎样进展的？

市　长　进展得很特别：他亲自求的婚。

安　用极恭敬，最精细的方式。说得很好。他说：“安娜·安德列夫纳，我这是为了对于您的高超的性格表示尊

敬起见。”他是极美丽的、有教育的人，有极正直行为规则的人！——“您信不信，安娜·安德列夫纳，生命在我等于一个铜钱的价值。我只是为了尊敬您的稀有的性格起见。”

玛　妈妈！这话是他对我说的。

安　你不要多嘴，你一点也不懂，不是自己的事情不必多管！——“安娜·安德列夫纳，我真觉得惊讶。”他说出一些恭维的话语……等到我想说“我们不敢高攀”的话，他忽然跪下来，用极体面的态度说：“安娜·安德列夫纳！不要使我成为不幸的人！请您答应我，否则，我要以一死了结我的一生。”

玛　妈妈，这话他实在对我说过的。

安　自然喽……也对你讲，我一点也不否认。

市　长　甚至吓唬我们，说要自杀。“我要自杀，我要自杀！”——他说。众宾客：竟是那样的。

法　官　这玩意儿真成！

视察员　真是的，这真是命运造成的。

管理员　并不是命运，老先生！命运没有关系，这是缘分的结果。（向旁言）这猪猡永远会有幸福钻进他的嘴里去的。

法　官　安东·安东诺维奇，我也许可以把您想买的那只雄狗卖给您。

市　长　不，我现在顾不到雄狗了。

法　官　您不想买这只狗，可以挑另一只。

郭　妻　安娜·安德列夫纳，您的幸福真使我喜欢！那是无法形容的。

郭　　请问，现在贵宾在哪里，我听说有事出门了。

市　长　是的，他有重要公事，到外城去一天。

安　　到他的叔父那里去，请求祝福。

市　长　请求祝福；但是明天就……（打嚏；道贺的话语，溶成一片轰声。）

警局长　祝您健康，大人！

鲍　　百年长寿，黄金满箱！

道　　长寿无疆！

法　官　倒你的霉！

郭　妻　鬼夺你去！

市　长　多谢！也恭祝诸位一切如意。

安　　我们现在打算到彼得堡去住。说实话，这里的空气有点那个……太乡下气了！……说实话，无趣得很……我的丈夫……他会得到将军的职位的。

市　长　是的，说实话，诸位，我很愿意做将军。

视察员　上帝会使您如愿以偿的。

拉　　人做不到的事，上帝可以做到的。

法　官　大才大用。

管理员　有了功绩，更有荣誉。

法　官　（向旁言）果真当了将军，那才有趣呢！他身上加了将军的衔头，就好比母牛套上了鞍子！不，离这还远呢。有比你能耐大得多的人，至今还没有做成将军。

管理员　（向旁言）见鬼，居然想做将军！弄得好，也许会做成将军的。他有一股神气活现的样子，魔鬼都奈何不得他。（向他）到那时候，安东·安东诺维奇，您不要忘记我们呀。

法　官　假使出了什么事情，例如说，公事上有什么需要，请您保护保护。

郭　　　明年我要送小儿到京城里去，为国家效劳，请您照顾照顾他，当做自己的儿子似的照应一下。

市　长　我一定设法帮忙。

安　　　安东，你永远答应人家帮忙。第一，你会没有时间想这件事情。而且也怎么能，何必为这类事情受许多麻烦。

市　长　那有什么？有时是可以的。

安　　　自然可以，但是不能将每个小角色都加以保护。

郭　妻　你们听见她怎样批评我们？

某女客　是的，她永远是这样的；我知道她；让她坐在桌旁，她会把脚也……

第八场　上场人物

与邮政局长（喘息入场，手持已拆开的信）

邮局长　诸位，出了奇怪的事情！我们把他当做钦差大臣的官员，并不是钦差大臣。

众　人　怎么不是钦差大臣？

邮局长　完全不是钦差大臣，——我从信里看了出来。

市　长　您怎么啦，您怎么啦？什么信？

邮局长　他自己的信，有封信送到邮政局来。我一看住址，是“邮政衔”。我简直愣住了。我心里想：“一定在邮务方面发现了不规则的事情，所以通知上司。”我拿起，就拆开来了。

市　长　您怎么能这样？……

邮局长　我自己也不知道：一种不自然的力量给了我一个冲动。我想叫信差用急递的方法送去；但是好奇心战胜了我，这种好奇心是我从来没有感到的。我不能，我不能，我不能自持！真是吸引我，我真是受了吸引！在一只耳朵里我听到："你不能拆开！你会倒霉的。"另一只耳朵里好像有一个小鬼微语："拆开来，拆开来，拆开来！"压火漆的时候，——血筋里冒出火焰，一拆开来，——竟冻僵住了，真是冻僵住了。手抖索起来，一切都糊涂了。

市　长　您什么胆敢拆开钦使大员的信？

邮局长　就因为他不是钦使，也不是大员。

市　长　那么你以为他是什么人？

邮局长　不三不四的人；不知道是什么东西！

市　长　（恼怒）怎么叫做不三不四？您怎么敢称他作不三不四的人，还说不知道是什么东西？我要把您监禁起来……

邮局长　谁？您吗？

市　长　是的，是我。

邮局长　您的手够不到的！

市　长　您知道不知道，他要娶我的女儿，我也快做大官，我要把您遣送到西伯利亚去？

邮局长　唉，安东·安东诺维奇，西伯利亚去算什么？到西伯利亚去还远得很呢。不如让我来念一下子。诸位！可以不可以念一下子？

众　人　念吧，念吧！

邮局长　（读）“脱略皮慈金，我要告诉你，我遇到一件奇事。在路上那个步兵上尉让我输得精光，我没有钱，旅馆老板想送我到狱中去；忽然，因为我的彼得堡人的面貌和服装，全城的人把我认作总督大人。我现在住在市长家里，享受愉快的生活，追求他的妻子和女儿；还没有决定，先从哪个女人下手，——也许先从母亲下手，因为她现在大概是乐于从命的。你应该记得，你我两人如何贫困度日，吃人家白饭，有一次那个糖果店的老板因为白吃了他几个馅饼，竟抓住我的领子。现在完全是另一种境况了。大家全借给我钱，要多少有多少。他们真是很怪的东西，你会笑死的。我知道你现在写写文章，可以把他们写进文字里去。第一，那个市长愚蠢得像一只灰色的阉马……”

市　长　不会有的！上面不会有这句话。

邮局长　（示以信函）您自己去念吧。

市　长　（读）“像一只灰色的阉马。”不会有的！您是自己写上去的。

邮局长　我写上去做什么？

管理员　念吧！

视察员　念下去吧！

邮局长　（续读）“市长像一只灰色的阉马……”

市　长　见鬼！必须还要重复一遍！好像还不够。

邮局长　（续读）嗯……嗯……嗯……嗯……“灰色的阉马。

邮政局长也是好人。……”（止读）他对我也有不客气的表示。

市　长　念出来吧！

邮局长　又何必？……

市　长　见鬼，既然念，就应该念下去。全都念出来吧！

管理员　让我来念。（戴眼镜而读）“邮政局长活像司里的听差米海也夫，大概也是坏蛋，爱喝烧酒。”

邮局长　（对观众）这坏透了的小孩，应该加以鞭挞；没有别的话可说！

管理员　（续读）“慈善机关管理员是……是……”（作口吃状）

郭　您为什么止住了？

管理员　笔迹不清楚……但是显然他是一个恶徒。

郭　给我看！我觉得，我的眼睛好些。（取信）

管理员　（不肯给信）不，这一段可以放过去，下面就清楚了。

郭　给我，我知道的。

管理员　念——我自己会念：下面全是清清楚楚的。

邮局长　不行，全都念下去！前面全都念过了。

众　人　把信拿出来吧，阿尔铁姆·费里帕维奇，把信拿出来吧！（对郭洛勃金）您念吧。

管理员　就来，就来。（授以信）在这里……（用手指掩住）从这里念起。

大家围住他。

邮局长　念吧，念吧！不相干，全都念下去！

郭　（读）“慈善机关管理员宰姆略尼卡是一只头戴小帽的猪猡。”

管理员　（向观众）并不见得高明！一只头戴小帽的猪猡！哪

里有猪猡戴小帽的！

郭　“学校视察员满身尽是葱味。”

视察员　天晓得，我嘴里从来不吃葱的。

法　官　（向旁言）阿弥陀佛，至少还没有讲到我！

郭　（读）“法官……”

法　官　也来了！……（出声）诸位，我以为这封信太长。管它呢，念这乌七八糟的做什么？

视察员　不行！

邮局长　不行，念下去！

管理员　不行，快念下去！

郭　（续读）“法官略布金一贾布金是最厉害的 Mauvaiston[①]”（止住）大概是法国话。

法　官　谁知道是什么意思！假使是骗子的意思，那还好，也许比这更坏。

郭　（续读）“然而他们全是好客而且好心肠的人。再见吧，亲爱的脱略皮慈金。我自己也要仿效你的办法，从事文学工作。这样生活下去，实在十分沉闷，颇想把自己的心灵抒发一下。我觉得现在必须从事高尚的工作。通讯处为萨拉托夫省，博特卡其洛夫卡村。（将信翻转来，读信上地址）圣彼得堡，邮政街 97 号，里院，三层楼，右首，伊凡·瓦西里也维奇·脱略皮慈金先生收。”

某夫人　真是无趣的，出乎意料以外的事情！

市　长　这真是坑死人！被弄死了，完全被弄死了！我看出一些猪脸，并不是人脸，别的没有什么……把他追回来，

① 下流的人。——译者注

把他追回来！（挥手）

邮局长　哪里还追得回来！我特地吩咐驿站长套一辆最好的三驾马车；早已预先安排好了。

郭　妻　这真是没有前例的乱子！

法　官　真倒霉！他从我那里借去了三百卢布。

管理员　也从我那里借了三百。

邮局长　（叹）喔唷！我那里也是三百卢布。

鲍　　借了我同彼得·伊凡诺维奇六十五卢布。

法　官　（惶惑地摆手）这是什么回事？我们怎么竟都变成了傻瓜？

市　长　（叩击自己的额角）我怎么会这样的？我成为一个老傻子了。我变得老糊涂了！……做了三十年的官，没有一个商人和包工头会欺骗我，我自己还会哄骗坏人里的坏人，把那些准备一手瞒过天下的骗子手由缰绳系住。我曾骗过三位总督！……总督有什么！（挥手）总督是用不着说的……

安　　但这是不会有的。他已经和玛里亚订了婚……

市　长　（生怒）订了婚！什么叫做订婚！那是气死人的订婚……（狂怒）你们瞧呀，你们瞧呀，全世界的人们，基督教徒全体，你们大家瞧市长受了人家的愚弄！真是傻子！真是老混蛋！（用拳头威吓自己）你这厚鼻！把这小把戏，烂布条子认作重要的人物！现在他在大道上奔跑，小铃儿不住地叩响！把这故事朝全世界散布出去。不但成为笑谈，且会找到一个弄破笔杆，乱涂纸张的人把你放进喜剧里去。这真是可气！不管什么职位，大家全要露牙大笑，拍掌欢呼。你们笑什么？笑你们自己！……你们这些人呀！……（恨得举腿叩击地板）我恨死这些爱乱涂纸张的人们，那些弄破笔杆的人们，可恨的自由思想者！魔鬼的种子！应该把你们大家全系上绳子，磨成碎粉，给魔鬼填鞋底！放进他的帽子里去！……（伸拳跺脚）

沉默了一会儿以后。

至今我不能恢复过来。真是的，上帝如果想惩罚人，必先夺去他的理智。浮浪的少年身上有哪一点像钦差大臣的？一点也没有！一只小指头也不像，——忽然大家说：钦差大臣，钦差大臣！谁先说他是钦差大臣？回答呀！

管理员 （摆手）怎么会弄成这样子，我真是无从解释。好像一片浓雾遮了过来，魔鬼把一切都弄糟了。

法　官 谁说出来的？就是这两个青年人说出来的！（手指道勃钦司基与鲍勃钦司基）

鲍 不是我，我连想也没有想……

道 我没有关系，完全没有关系……

管理员 自然是你们。

视察员 还不是吗？像疯人似的，从旅馆里跑来：“来了，来了，钱都不付……”发现了要紧的角色！

市　长 自然是你们,你们是造谣生事的人,万恶的说谎的人！

管理员 你们造这种谣言，真是该死。

市　长 你们只会在城里跑来跑去，扰乱大家的安宁！你们尽散布谣言，你们这些短尾巴的乌鸦！

法　官 万恶的懒鬼！

视察员　脑筋简单的愚人！

管理员　短肚子的蘑菇！

大家围住他们两人。

鲍　　　真是的，这不是我，这是彼得·伊凡诺维奇。

道　　　不，彼得·伊凡诺维奇？您是先那个的……

鲍　　　不对，您是先那个的。

最后一场　上场人物与宪兵

宪　兵　奉圣旨从彼得堡前来的官员请你们立刻前去。他住在旅馆里面。

这几句话像雷响似的使大家震撼。惊讶的声音从女人的嘴里齐声飞散出来；全班的人忽然变换了位置像冻僵似的留在那里。

哑 场

市长站在中央，像柱子一般，手伸在前面，头向后仰。妻子和女儿在他的右手，整个身子作奔到他身前去的姿势。后面是邮政局长，变成一个疑问的符号，身朝观众。他后面是罗加·罗基奇（即视察员）用极天真无邪的样子，发出慌张的神色。再过去，在舞台边上有三个女人，女客们，互相倚靠，一直朝着市长的家庭，做出十分嘲讽的脸色。市长的左边是宰姆略尼卡，头俯得略为斜些，仿佛在那里倾听他的说话；后面是法官，手展开着，差不多蹲坐到地上，口唇做出姿势，好像想呼啸一声，或者说："老祖母，有趣的日子来啦！"郭洛勃金在后面朝观众眯眼，对市长做恶毒的暗示；道勃钦司基和鲍勃钦司基立在他旁边，最后的地方，手势作互相奔趋状，嘴大张着，眼睛互相瞪视。其余的客人们也像木柱一般站在那里。差不多有一分半钟，僵立的全班演员保持着这样的姿势。幕落。

附　录

钦差大臣第一次公演后作者致某文学家的书信的片断。

……钦差大臣业已演出，——而我的心灵里十分的模糊，十分的奇怪……我期待，我预先知道，事情将得到怎样结果，于是有一种凄凉的、烦恼而且痛苦的情感包围着我。我自己的创作使我自己觉得讨厌而且奇怪，好像完全不是我的。主角演糟了；我本来料到的。杜尔一点也没有明白赫莱司达阔夫是什么样的人，赫莱司达阔夫变成了类乎阿里那司卡洛夫的样子，列在小喜剧（Vaudeville）的淘气角色的行列之中，从巴黎的舞台上光降到我们那里来的。他变成了一个普通的撒谎的人，——惨白的脸庞，两世纪来穿着同样的服装。难道不能从角色的本身上面看到赫莱司达阔夫是什么人吗？或者有一种盲目的骄傲事先占据在我的身上，而我把握这性格的力量竟软弱得连一点影子，连一点暗示都没有给演员留下吗？但是这性格对于我是极明显的。赫莱司达阔夫并不欺骗；他不是职业性的撒谎的人；他自己忘记他的撒谎，几乎自己相信他所说的话。他自己发展出来，他很高兴：他看见一切都好，人家都听他的话，就从这一点上他说话也平匀些、随便些，从心灵里说出来，完全公开地说，一面说谎话，一面表示他的原来的本性。总而言之，我们的演员们完全不懂得撒谎。他们心想撒谎等于散布空虚的话语。撒谎那就是把虚谎的话用近于真实的口气说出来，说得十分自然，十分天真，就像说真话一般；就在这上面包含撒谎的全部滑稽性。我几乎深信赫莱司达阔夫会演出得好些，假使我把这角色交给一个最没有才能的演员去扮演，仅只对他说赫莱司达阔夫是一个伶俐的人，十足的 Comme il faut，聪明而甚至也许有德行，而他唯有这样把他想象出来才对。赫莱司达阔夫的撒谎并不是冷静的，或是戏剧性地夸张的。他的撒谎带着情感；他的眼睛里表现出他由此得到的愉快。这是他一生中最好的、最有诗性的时间，——几乎和一种感觉相近。就是这一点能表现出来也好！没有给予可怜的赫莱司达阔夫以任何的性格，也就是面目，就是显著的外貌，也就是外表。自然，把穿破旧制服，磨穿衣领的老官吏加以漫画化是特别容易；但是抓住十分优美，坚决不出寻常交际社会范围以外的点线是有力的艺术家的事情。在赫莱司达阔夫身上不应该有一点描画得浓厚的地方。他属于显然和别的青年人不同的环境。他有时甚至颇能自持，有时甚至说话极带分量，只在需要镇定或性格的时候才部分地流露出一种低卑的、恶劣的本性来。一个小市长的角色的轮廓多半是呆板而且明显的。固有的、不变的，冷酷的外貌已把他锐利地刻画出来，部分地确定了他的性格。赫莱司达阔夫的角色的轮廓则十分灵动，较为精细，因此也难于捕捉。如加以分析，赫莱司达阔夫究竟是什么样的人？一个青年人，官员，所谓空虚的，但包含许多属于并不能称作空虚的人们的性格。在尚未丧失良好的特质的人们里面表露这性格，是作家之罪，因为他这样子便是把他们提出来博人们的说笑。最好使每人在这角色里找出自己的一部分，同时无所畏惧地向四周环望，不让人家指责他，道出他的真相来。一句话，这种人物应该成为一个典型，内有许多成分散布在不同的俄罗斯人的性格里面，但偶然联合在一个人的身上，宇宙间实际原会遇到这类事的。每个在一分钟或数分钟内曾做过或将做成赫莱司达阔夫，自然只是不愿自行加以承认；他甚至爱嘲笑这种事实，但自然只是在别人身上的，而不在自己身上的。灵巧的卫营的军官有时会成为赫莱司达阔夫，政府要人有时也会成为赫莱司达阔夫，我们文坛中人也不免成为赫莱司达阔夫。一句话，恐怕每个人一生中都有过那么一次成为赫莱司达阔夫的，——只瞧他随后怎么样巧妙地转过身来，仿佛并不是他似的。

莫非我在赫莱司达阔夫身上竟看不出这一点来吗？莫非他只是一个黯淡的人物，我在片刻间爆发的骄傲的心情之下，心里还想，一个大有才能的演员将来会答谢我将各色各样的行动聚在一个人的身上，将使他能以突然来表现出自己的才能的多方面来。

然而结果是赫莱司达阔夫取得了孩子般的、平凡的角色！这是如何的痛苦，而且可恼。

从剧本演出的初时，我坐在戏院内也已感到沉闷。我没有顾及观众的欢欣和态度。所有在戏院里的人们中间，我最怕一个裁判者——这裁判者就是我自己。我在自己的内心里听到反对我的剧本的责备和怨懑，把其余一切全都遮掩住了。观众在大体上是满意的。一半甚至带着同情接受这戏剧；另一半照例骂它，但是由于不属于艺术范围的原因。怎样骂，容我在和您见面时候谈论；这里面有许多教训的意味，还有不少可笑的地方。我甚至记载了一点下来；但是这暂时不谈。

总而言之，那个市长使观众对于钦差大臣抱安慰的感觉。我以前就深信，因为以骚司尼慈基的才能，决不至于对于这角色有不能解释明白之处。我至少很高兴，使他能得以广阔地表露自己的才能，同时人们已起始发出冷淡的批评，把他放在许多普通的演员一起，这些演员在每天上演的小喜剧和其他逗趣的戏剧里照样博得哄堂的掌声。我也对于仆人深致期望，因为在演员身上发现对于话语的极大的注意和才能。但是两位朋友道勃钦司基和鲍勃钦司基却得了出乎意料以外坏的结局。虽然我也想到他们会坏的，因为我创造这两个小官员的时候，我在他们的肉皮里幻想出施赤布金和略庄且夫，但是我总以为他们的外表和他们所处的地位会支持得住，不至于流入漫画之列。结果是相反：竟成了一幅漫画。在演出以前，看见他们化装时，竟倒抽了一口气。这两个人，本质上很整洁的、肥胖的，带着梳得平整好看的头发；竟装成了曲折的、高高的、灰白的假发，蓬乱而且高耸，还有挺出的、巨大的硬胸；到了舞台上竟变成那种装腔作势的样子，简直无从加以形容。总之，戏剧的大部分的化装很恶劣，而且流于漫画化。我好像预知到这层，曾请他们做一次化装的排演；但是人家对我说这没有必要，而且不合惯例，那些演员们已经知道自己的事情。我看见我的话不被人家珍视，只好随他们去了。我再重复一遍真是烦闷，真是烦闷！我自己也不知道为什么烦闷侵袭到我身上来。

演出时我看见第四幕的开端很冷淡；戏剧的进行在以前似乎是整齐的，到了这里便中断了，或是流得懒惰些。说实话，在诵读时，有经验的、内行的演员曾对我说，赫莱司达阔夫首先借钱，似乎不大合适，最好是让官员们自己借给他。我一面尊重这十分精细的批评，认为自有它合理的方面，一面并不见到为什么赫莱司达阔夫既成为赫莱司达阔夫，而竟不能首先借钱的原因。但是批评已经下了：“这样来说，”——我对自己说，——“这一幕我写得不强。”果真地，现在表演的时候，我明显地看到第四幕的开端颇为黯淡，具有一种疲乏的征兆。回家后我立刻从事删改。现在好像稍见有力些，至少是自然些，多近事实。但是我没有设法把这片断加进戏剧里去的力量。我疲乏了，因为这必须出去请求，向人家鞠躬，只好随它去，——在发行第二版或重演钦差大臣的时候再说吧。

关于最后一场还有一句话要说。这一场完全没有弄好。幕在一个模糊的时间内垂落下来，戏剧似乎没有完。但是我没有错。他们不肯听我的话。我到了现在还要说，最后一场不会取得效果，除非他们明白这只是一幕哑场，应该成为一班僵化了的人，到了这里戏剧业已告终，而代以哑表情，在两三分钟内，幕不应该垂落下来，扮演的方法应和演所谓“活图画”相同。但是人家回答我，这使演员们有所拘束，必须把整班的演员交托给舞蹈导演，因此降低演员的身份，等等的话。还有许多别的意思在脸容上发现，这脸容比话语还使人生气。但是我不顾一切，坚持自己的主张，反复地说：“不，这并不拘束，这并不降低身份。”甚至可以让舞蹈导演组织这班子，只要他有力感到各个人物的真正地位。指示出来的界限之不能阻碍天才，真好比石岸之不能阻止河流；相反地，河水一流进去，会将波浪波动迅急些，而且丰满些。有感觉的演员就是在指定出来的姿势里边也能表现一切。没有人会去放脚镣到他的脸上，分派好的只是部位而已，他的脸可以自由地表现一切的动作。在这哑景里，对于他有无数的变化的样式。每个出场人物的恐惧彼此各不相同，同时他们的性格和惧怕与恐怖的程度也各不相同，因为每人所做罪恶的大小不同。市长惊愕出于另一种方式，他的妻和女的惊愕也出于另一种方式。法官的恐惧自有其特别的方式，视察员和邮政局长等也各不相同。道勃钦司基和鲍勃钦司基用特别的方式发出惊愕的神情，在这里也没有改变自己，带着凝冻在嘴唇上面的疑问互相看望。只有一些客人们用同样的方式僵立着，然而他们是图中的远景，用画笔的一挥予以描划，且蒙上一样的色彩。总之，每人在表情上继续他的角色，不管是否曾将自身交给舞台导演，永远可以成为高超的演员。但是我不够力量再行张罗和辩论了。我在精神上和肉体上都已累乏。我可以赌咒，谁也不知道，也不听见我的悲哀。随他们去吧，随他们大家去吧！我现在就想离开这里，随便到什么地方去，唯有未来的旅行、轮船、海洋，和其他辽远的天地，才能使我新鲜活泼起来。我渴求这些，真不知道如何的渴求。看在上帝的分上，请您快来一见。我不和您作别，是不会动身的。我还要对您说许多在冷淡和不可耐的信上无力说出的话……

1836 年 5 月 25 日，圣彼得堡

婚　事

出场人物

婀格费·蒂霍诺夫娜——商人女，待嫁。

亚里娜·潘铁莱莫诺夫娜——婶母。

费克拉·伊凡诺夫娜——媒婆。

鲍阔赖新——七品文官。

高慈卡寥夫——其友。

煎鸡蛋——法院执行官。

奥奴慈金——退职步兵军官。

芮瓦金——海军人员。

杜娜士卡——女仆。

司达里阔夫——百货市场的商人。

司台潘——鲍阔赖新之仆。

第一幕　独身汉的房屋

第一场

鲍阔赖新（独卧沙发，口衔烟斗）

鲍　闲空的时候一个人思前想后，觉得必须娶个把媳妇才对劲。真个的！活着，活着活得不嫌烦起来了。现在又过了一月。好像都准备齐全，媒婆也上门三个月了。弄得自己都有点不好意思。喂，司台潘，来呀！

第二场　鲍阔赖新与司台潘

鲍　媒婆没有来吗?

司　没有。

鲍　裁缝店里去过没有?

司　去过。

鲍　那件燕尾服在缝吗?

司　缝呢。

鲍　缝了很多吗?

司　很多，已经缝纽扣了。

鲍　你说什么?

司　我说：已经缝纽扣了。

鲍　他没有问过老爷要缝燕尾服，有什么用?

司　没有问。

鲍　也许他说过：不是老爷想娶亲吗?

司　没有说过。

鲍　你看他店里有别的燕尾服吗?是不是他也给别人缝?

司　他店里挂着不少燕尾服。

鲍　但是，也许那些衣服的呢子比我的坏?

司　是的，您的那件中看些。

鲍　你说什么?

司　我说：你的那件中看些。

鲍　好吧。他没有问为什么老爷用这般细的呢子缝燕尾服?

司　没有。

鲍　一点没有说过，是不是打算娶亲?

司　没有，没有提到。

鲍　但是，你说过我的官级，还在那里当差没有?

司　说过。

鲍　他怎么样呢?

司　　他说：要好生做。

鲍　　好吧。现在去吧。

　　司台潘下。

第三场

鲍阔赖新（一人）

鲍　　我的意见是黑燕尾服似乎显得正气些。穿浅颜色的衣裳，有点乳臭气，只配那些书记官、九品官和一些小角色穿罢了。品位高的应该守那个……那个……把这词儿忘了！很好的一个名词，居然忘了。不管怎么改来改去，七品官就等于上校，只差制服上没有肩章。喂，司台潘，来呀！

第四场　鲍阔赖新与司台潘

鲍　　鞋油买了没有？

司　　买了。

鲍　　哪儿买的？是我对你说的，升天街上那个小店吗？

司　　是的。

鲍　　怎么样，鞋油好不好？

司　　好。

鲍　　你没有拿靴子试擦一下？

司　　试过的。

鲍　　怎么样，亮不亮？

司　　亮倒是很亮的。

鲍　　他卖鞋油的时候，没有问老爷要鞋油做什么用？

司　　没有。

鲍　　也许说过，是不是老爷想娶亲？

司　　没有，一点没有说过。

鲍　　好吧，现在去吧。

第五场

鲍阔赖新（一人）

鲍　　靴子，好像是小事，可是缝得糟，再加上粟色靴油，在上等社会里便不会得到尊敬，总有点不对劲……要是一有了鸡眼，那更坏。随便什么都可忍受，就是别长鸡眼。喂，司台潘，来呀！

第六场　鲍阔赖新与司台潘

司　　有什么吩咐?

鲍　　你对靴子匠说过，不要有鸡眼吗?

司　　说过了。

鲍　　他说什么?

司　　他说：好。

　　司台潘下。

第七场　鲍阔赖新与司台潘（后上）

鲍　　吓，娶亲可算是一件麻烦事！又是这个，又是那个。这件事，那件事都要弄得舒舒贴贴的。真要命，完全不是说得那般容易。喂，司台潘，来呀！（同入）我还要对你说……

司　　老太婆来喽。

鲍　　来喽，就喊她进来吧。（司台潘下）这件事儿……确是一件难事。

第八场　鲍阔赖新与费克拉

鲍　你好，你好，费克拉·伊凡诺夫娜！怎么样？有什么事？端过椅子坐下，说吧。怎么样？到底怎么样？那个，那个叫什么，梅兰娜，怎么样喽？

费　是婀格费·蒂霍诺夫娜。

鲍　不错，不错，婀格费·蒂霍诺夫娜。一定是 40 岁的老姑娘？

费　决不是的，您娶了以后，保管每天满口夸奖，道谢不已。

鲍　你真会撒谎，婀格费·蒂霍诺夫娜！

费　我老了，不会撒谎的。狗才撒谎。

鲍　嫁妆呢？嫁妆呢？你再说一遍。

费　嫁妆是：在莫斯科区一所两层楼的石头房子，进项之多，真叫人瞧着喜欢：粮食店一家就付房租七百卢布，啤酒店也生意兴隆；又有两所木造边房，——一所是完全木造的，一所是石头的地基，每所房子可以收到四百卢布的租金。在魏博区有一爿菜园。前年那个商人租下来种白菜的。他规矩得很，从来滴酒不入，有三个儿子，两个儿子已经娶媳妇了。他说："老三还年轻，让他在店里坐坐，学学生意，我呢，老啦，让儿子坐在店里做买卖吧。"

鲍　她自己呢？脸蛋长得怎么样？

费　真像水晶似的！白里泛红，好比血里搀奶——那份甜劲是没法形容的。您一定会满意到这分上，（手指嗓子）逢人就说：“真是谢谢她，多亏费克拉·尹凡诺夫娜！”

鲍　她是不是官家小姐？

费　她是三号票商家的女儿，她那种举止行动，配将军都满行的。她不愿意嫁给做买卖的。她说：“我不管丈夫是怎么样的长相，只要贵族就行。”她真是漂亮大方！礼拜那天，一穿上绸衣，——吓，飘来飘去地发出声音。简直是一位侯爵夫人！

鲍　我所以问你，因为我自己是七品官，我必须……你明白吗？……

费　哪还有不明白的？有一个七品官来说过，看不中，给回绝了。他的脾气很奇怪：说一句话就撒一句谎，而且一眼就看出来的。他天生就是那个样子，没有法子；他自己不高兴，却不能不撒谎，——这真是老天爷注定的。

鲍　除去这家外，还有别的人家没有？

费　你还要什么？这是最好的喽。

鲍　真是最好的吗？

费　你走遍全世界，找不出第二个来。

鲍　让我想一想，让我想一想。你后天再来。我们两人还是那样：我躺着，你再说一说……

费　你老人家怎么喽？我上您府上走了两个月，一点道理没有弄出来：您老是穿着睡衣，坐在那里抽烟。

鲍　你以为娶亲，就好比说：“喂，司台潘，拿靴子来！”

套在脚上，就出去，是不是？总要好生考虑，好生看一看的。

费　那有什么？要看就看吧。货色是摆着叫人看的，您叫人取衣服来，现在趁天还早。我们就去。

鲍　现在吗？你看天阴得很，刚出去，就要遭雨。

费　这于你自己不好！头发已经显得苍白，快要不能行夫妇之道了。真没有看见过这样的七品官！等到我们找到姑爷，才不理你呢。

鲍　你说什么废话？为什么忽然说我的头发苍白？白头发在哪里？（摸自己的头发）

费　人活来活去，总会活到白头发的时候。你瞧！你对这家姑娘不中意，对那家姑娘又不喜欢。你瞧，我还有一位中校可以去说的，你比起他来，还抵不过他的肩膀，说话洪亮像大喇叭，在海军部内当差。

鲍　你瞎说，白头发是你编出来的。我会照镜子的。喂，司台潘，取面镜子来！不用喽，我自己去取。这是千万要不得，这比出天花还坏。（往他屋走去）

第九场　费克拉
与高慈卡寥夫（奔入）

高　喂，鲍阔赖新！……（看见费克拉）你！是你吗？你怎么到这儿来啦？喂？你，怎么给我说合成这样一个倒霉媳妇？

费　有什么坏的地方？你应当尽天职的。

高　尽天职！没有看见过这样的妻子！没有她，我还活不了吗？

费　你自己老缠住我不放：老太太，你给我说一说吧，怎么都好办。

高　你真是老狐狸精，……你到这儿来做什么？莫非

鲍　阔赖新也想……

费　那有什么？老天爷派定的。

高　这混蛋,好！一句话也没有对我提过。这算怎么回事？偷偷地来！好呀！

第十场　上场人物
与鲍阔赖新（持镜注视）

高　（自后潜近鲍身，使其惊吓）吓！泼！

鲍　（惊叫，坠镜）这疯子！做什么？……做什么？……这么淘气！把人家吓得灵魂都出窍了。

高　不要紧。闹着玩儿。

鲍　这好闹玩的！至今被你吓得回不过气来。镜子也砸破了：这东西不是白捡来的，在英国铺子里买来的。

高　算啦，我赔你一面镜子就是喽。

鲍　叫你赔吧，我知道这些镜子的：人照得老十岁，嘴脸

是歪斜的。

高　喂，我先应该生你的气：你连要好朋友，连我都瞒起来了。你不是想娶亲吗?

鲍　真是瞎说，我并没有想娶亲。

高　证据近在眼前。（指费克拉）那边站着的，谁都知道是什么玩意。这也不要紧。这有什么大关系?这是人生大事，国民应尽的一份义务。好吧，这事情由我一人来办。（向费克拉）你把前前后后说一说。——是世家，做官的，还是经商的?叫什么名字?

费　婀格费·蒂霍诺夫娜。

高　是姓勃浪达赫莱司托瓦吗?

费　不是的——姓库潘买金那。

高　住六店路的吗?

费　不是的；近沙场，在肥皂胡同。

高　是不是在肥皂胡同里，小铺后面一所木房里?

费　不在小铺后面，在啤酒店后面。

高　在啤酒店后面，——我就不知道了。

费　走进胡同口，对面就是巡警亭子；走过亭子，往左转，眼前就是，眼前就是一所木头房子，一个女裁缝住在里面，就是以前同元老院的书记官姘过的那个。你可不要走进女裁缝的房屋里去，就在旁边有一所石头房子，——这所房子就是她的，婀格费·蒂霍诺夫娜，新娘子，住在那里。

高　好啦，好啦，现在归我一手包办，你去吧——没有你的事了。

费　怎么?你想自己去说亲吗?

高　　我自己去，自己去，你不要管。

费　　啊，好不要脸！这不是男人家的事。您躲开点吧，老先生，真是的！

高　　去吧，去吧！你什么都不懂，用不着你管。自己识趣些，——趁早走开吧。

费　　好不要脸的。抢人家饭碗！管这种鸟事。早知道，就一句话也不说了。（愤然下）

第十一场　鲍阔赖新与高慈卡寥夫

高　　老兄，这事情不能耽搁；——现在就走。

鲍　　我还并没有什么。我只是心里想着……

高　　没有关系，没有关系！你千万别慌：我替你说亲，包你心满意足。我们现在就到女家去。你瞧一说就成。

鲍　　又来啦！怎么可以现在就去！

高　　事情还有什么，还有什么可以拖的？……你自己瞧瞧你至今不娶亲，成了什么样子了？瞧你的房子：乱七八糟的，是什么东西？东边一只脏靴子，西边一只洗脸盆，桌上是一大堆烟叶，你自己整天斜躺着，懒腔懒调的。

鲍　　这是实话，我家中没有秩序，我自己知道的。

高　　只要你有了媳妇，你自己，和你的一切，都会改变样子的：你这里一张沙发，一只小狗，小金雀养在笼里，一些针织品……你想，你坐在沙发上，……忽然一个小女人，美丽的小女人，坐在你旁边，小手把你……

鲍　说实话，世上真有那样的小手，简直好比牛奶，真要命！

高　你哪里知道！你心想她们只有一只小手……吓，老兄，她们还有……何必说呢；真要命，她们有的是好东西。

鲍　说实话，我是很爱有一个美女伴在我身旁的。

高　原来你自己明白过来了。现在应该动手办事。你自己不用操心。办喜酒等等……全归我……香槟酒起码一打，随便怎么说，少了不成。红葡萄酒也要预备半打。女家有一大堆婶娘和寄娘……她们不好惹的。白葡萄酒——免了，你说对不对？至于饭菜一层——我认识一个御厨：这狗才会把我们饿得直不起腰。

鲍　你这样热心，好像真要办喜事似的。

高　那有什么？何必拖延下去？你不是答应了吗？

鲍　我吗？不对，我还没有完全答应呢。

高　你瞧你！你刚才还宣布说你愿意的。

鲍　我只说了，这事不坏。

高　你又来啦！我们已经把一切事情都完全……而且还有什么可说的？莫非你不喜欢结婚的生活吗？

鲍　喜欢是喜欢的。

高　那怎么样呢？还有什么迟疑的？

鲍　并非迟疑不迟疑，是有点奇怪…

高　什么奇怪？

鲍　多久没有娶亲，现在忽然娶了，怎么不奇怪的。

高　得啦，得啦……你怎么不害臊呢？我看须要同你正正经经谈一下，同你开诚布公地说，像父亲对待儿子一般。你看一看，仔细看一看自己，就像现在你看我似的。你现在成了什么样子？你简直是一根木头，没有一点用处。你活在世上是干什么的？你照一照镜子，——自己会看得见的。一张蠢脸——没有别的！你想象一下，小孩们在你身旁围绕着，而且不止两三个，也许有整整的半打，一个个全都活像你，你现在孤孤单单的一人，做了七品官，收发主任，或是什么科长之类；但是你再想象一下，要是你身旁围了些主任少爷，科长小姐，那些小赖皮，小淘气，伸着小手儿，捋你的胡须，而你呢，直对他们学狗叫：阿乌，阿乌，阿乌！请问：还有比这美的吗，你自己说？

鲍　他们淘气得厉害：要糟蹋一切，把纸张扔散的。

高　让他们淘气去，可是有一宗——全都像你呢。

鲍　这倒是可乐，他妈的；一个个胖胖的，像小狗，却和你自己相像。

高　怎么不乐？——自然是可乐。怎么样？去吧。

鲍　去就去吧。

高　喂，司台潘！快来给老爷穿衣裳。

鲍　（镜前更衣）我以为应该穿白坎肩。

高　小事一端，都可以的。

鲍　（套硬领）可恶的洗衣女人，把领子浆得那么糟——怎么也支不起来。司台潘，你对她说，如果她这傻东西还要这样烫衣裳，我要另雇人了。她一定是只顾同姘头说话，忘记了烫衣裳。

高　老兄，快点！你老是慢吞吞的！

鲍　就好，就好。（穿好燕尾服，坐下）喂，伊里亚·福米　奇，你看怎么样？你还是一人去吧。

高　又来啦，不是疯了吗？叫我去！是谁娶亲：我还是你？

鲍　真的有点不大高兴，最好明天去吧。

高　局你究竟有没有一点点的脑筋？你是不是傻子？已经都收拾好了，——忽然又不去了？请问：你这种样子，是不是猪猡，是不是混蛋？

鲍　你骂什么？无缘无故的？我做了什么对你不起的事？

高　傻子，十足的傻子，谁都要对你这么说的。别瞧你是收发主任，那份蠢劲，简直蠢得要不得。我图什么这样张罗？那是为了你的益处。人家在替你从嘴里掏肉吃呢。这光杆儿，你看他又躺下了！请问：你像什么玩意？——简直是废物，蠢才，还想说些厉害的字眼……只怕有点儿不好听。女人！比女人还坏！

鲍　你自己是好的。（微语）你是不是疯啦？底下人在那里站着，你竟当着他骂起街来，还用这些字眼，找不着别的地方了！

高　请问：怎么能不骂你？谁能不骂你？谁能压住气不骂你？像个正经人似的，决定娶亲，总算明白过来了。忽然好像犯魔似的，吞了迷药，你这木头……

鲍　得啦，我去就是——你嚷什么？

高　我去就是！你也敢不去！（向司台潘）取帽子和大衣来。

鲍　（立门前）真是怪物。同他简直没法办：忽然无缘无故地骂起人来。一点也不懂规矩。

高　　现在自然不骂了。

两人下。

第十二场

婀格费·蒂霍诺夫娜家中一室

婀格费·蒂霍诺夫娜玩纸牌为戏，婶母亚里娜·潘铁莱莫诺夫娜旁坐而观。

婀　　婶婶，又是远行！红方块 King（皇帝）注意上了……有眼泪……情书，左面是黑桃 King 参加着，但有奸人阻梗。

亚　　你看，谁是黑桃 King?

婀　　不知道。

亚　　我知道。

婀　　谁呀?

亚　　一个卖呢子的大商人，阿列赛·特米脱里维奇·司达里阔夫。

婀　　决不是他，我可以打赌，决不是他。

亚　　你别争辩，婀格费·蒂霍诺夫娜，我的头发都快变色了。没有第二个黑桃 King。

婀　　这是不对的。黑桃 King 是贵族，做买卖的离黑桃 King 远得很呢。

亚　　婀格费·蒂霍诺夫娜，要是老爷子在世的话，你不会这么说的。你老爷子时常拍着桌子叫喊，说：“我最恨那种把经商当做羞耻事的人。我决不把女儿嫁给上校。让别人去这么做吧。”他说：“我也不让儿子去做官。难道商人不是和别的人一样，为皇上服务吗？”说完，一只大巴掌直朝桌上拍着。手像木桶一般大，——真把人吓死！说实话，是他把你母亲给折磨死的，不然，她会活得长远些。

婀　　也叫我嫁这样坏脾气的丈夫！我说什么也不嫁给商人！

亚　　阿列赛·特米脱里维奇不是这样的人。

婀　　我不愿意，我不愿意！他那胡须：吃东西的时候，顺着胡须往下流。不，不，我不愿意！

亚　　到哪里去找好贵族呢？街上是找不到的。

婀　　婀费克拉·伊凡诺夫娜会找的，她答应我给找最好的。

亚　　她是个撒谎的女人。

第十三场　上场人物与费克拉

费　　亚里娜·潘铁莱莫诺夫娜，您无缘无故造谣言，不怕罪过？

婀　　啊，是你，费克拉·伊凡诺夫娜！怎么样？说呀！有没有？

费　有，有，有，让我先歇歇气——累得够戗！受了你的委托，我把家家人家，各部，各衙门，全都走遍，连巡警厅全去过。……你知道不知道，我几乎挨人家的揍！真的，有一个老太婆，就是替阿费洛夫说媒的，冲上来骂我："你是什么东西，抢人家的饭碗，你应该知道自己的地段。"我对她直说："我是为了我的小姐，你不要生气，我会叫你满意的。"这么一来，我给你预备好许多新姑爷！从开天辟地，直到现在，这样好的人没有见过。有几个人今天就要来相亲。我特地跑来预先知照一声。

婀　怎么今天就来？啊哟，费克拉·伊凡诺夫娜，我害怕。

费　好小姐，别怕！这是终身大事！让他们来看看！没有什么。你也可以看看：不喜欢，——就让他们走。

亚　你真能找到好的出来吗？

婀　多少人？多不多？

费　有六个人。

婀　（呼喊）喔唷！

费　你何必这样张皇！可以好生挑选：这个看不中，那个会合意的。

婀　他们全是贵族吗？

费　全是的，挑得很齐；像这样的贵族，还没有过。

婀　怎样的，怎样的？

费　全是漂亮的，好的，勤勉的。第一个，巴达扎·马达扎洛维奇·芮瓦金，很漂亮，在海军做事，——和你很相配。他说他喜欢身体肥胖的妻子，不爱干瘪的。还有一个伊凡·柏夫洛维奇，是法院的执行官，神气十足，威严万分。他长得胖胖的，很挺直，只朝我喊："老是新娘子长，新娘子短地说些废话，你照实说她有多少动产和不动产。"我说，有多少，多少！他说："狗娘养的，你尽撒谎！"还说出那种字眼，叫我不好意思朝你说，我立刻就明白，这总是一个正经体面的绅士。

婀　还有谁！

费　还有尼堪诺・伊凡诺维奇・奥奴慈金。他举止大方，嘴唇真像杨梅，像杨梅那般可爱。他说："我需要的是美丽，有学问，能说法国话的妻子。"他确是态度优雅的人，德国派；身子瘦拐拐的，脚又窄又细。

婀　瘦拐拐的人我不大那个……我不知道……我不知道……看不出他们……

费　喜欢胖的，挑伊凡・柏夫洛维奇好啦。再好是挑不出的了。这位先生真是够格儿：这个门里差一点走不进来，——真有趣。

婀　他多大年纪？

费　年纪还轻：50 岁左右，还不到 50 岁。

婀　姓什么？

费　姓伊凡・柏夫洛维奇・煎鸡蛋。

婀　有这样的姓吗？

费　就是这个姓。

婀　哎哟，这样的姓，真要命！要是我嫁给他，我的姓名改作婀格费・蒂霍诺夫娜・煎鸡蛋，那成什么样子！这真不成样子！

费　我们俄国有这么一句俗话，人家听见以后，也不过是唾口吐沫，画下十字。既然你不喜欢这姓，就挑巴达扎·巴达扎洛维奇·芮瓦金好了，——一个很可爱的姑爷。

婀　头发怎样的?

费　头发很好。

婀　鼻子?

费　嗯……鼻子也是好的。都放得端端正正的。脾气也很好。只有一桩你不要生气：家里只有一根烟囱，别的什么没有——家具一点也没有。

婀　还有谁?

费　亚金夫·司台潘诺维奇·潘台莱夫，一个官员，九品官，有点口吃，人倒是循规蹈矩的。

亚　你老是：官员，官员的；你说，他爱喝酒吗?

费　喝是喝的；不撒谎，喝的。有什么办法，——他是九品官！可是静得很，像一块绸子。

婀　我不要喝醉酒的做丈夫。

费　这是你的自由，小姐！不要这一位，再挑别一位好啦。不过偶然喝多些，有什么关系?并不是整个礼拜喝醉的，也有一天两天清醒着。

婀　还有谁?

费　还有一个人，不过这个人……不用提他喽！还是这些人好些。

婀　他究竟是谁?

费　我不愿意提他。他总算是七品官，挂着勋章，可是不大爱动，没法儿引他出门。

婀　还有谁?你说有六个人，一共只有五个。

费　　难道你还不够？你瞧，你竟上瘾了，刚才你还害怕来着。

婀　　你这些贵族有什么用？别瞧你有六个，一个商人就抵住大家。

费　　贵族尊贵得多，亚里婀·潘铁莱莫诺夫娜。

亚　　尊贵算什么？你瞧，阿列赛·特米脱里维奇，戴着貂皮帽，坐着雪橇，走出走进的……

费　　逢到戴肩章的贵族迎面过来，说："你这小生意人！让开道！"或者说："小生意人，把最好的丝绒给我看！"……商人只好说："喳，喳，老爷！"——"不懂规矩的野蛮东西，把帽子摘下来！"——贵族要这样说。

亚　　商人不高兴，就不卖呢子；贵族只好光身子，没有衣裳穿。

费　　贵族会砍死商人的。

亚　　商人到区里告他。

费　　贵族到元老院里去告商人。

亚　　商人到总管衙门去告。

费　　贵族到……

亚　　胡说胡说，总管衙门会比元老院大！你去张罗贵族吧！贵族有时候也要摘帽子的……

（**门前铃响**）**有人按铃**。

费　　啊哟，这是他们！

亚　　谁？

费　　他们来……相亲的。

婀　　（喊）喔唷！

亚　　阿弥陀佛！屋里一点也没有收拾。（捡起桌上一切物件，在室内奔走）那个毯子，桌上的毯子完全是黑的。杜娜士卡，杜娜士卡！（杜上）快拿干净桌毯来！（将桌毯拉下，在室内乱走）

婀　　啊哟，婶婶，叫我怎么办？我差不多穿着一件单褂。

亚　　啊哟，小姐，快去换衣裳！（在屋内乱走；杜娜士卡取桌毯上，门上铃又响）快跑去说："就来啦！"

杜远远里喊："就来啦！"

婀　　婶婶！衣服还没有烫好呢。

亚　　啊哟，阿弥陀佛！就穿别的衣裳吧。

费　　（奔入）你们为什么还没有弄好？婀格费·蒂霍诺夫娜，快一点，好小姐！（铃声又震）咦！人家是在外面等着的呀。

亚　　杜娜士卡，领他进来，请他候一候。

杜奔外室，开门。语声：在家么？——在家，请屋里坐。大家好奇地抢着从钥匙洞隙中窥望。

婀　　（喊）吓，真胖！

费　　进来啦，进来啦！

大家奔避。

第十四场　煎鸡蛋

（伊凡·柏夫洛维奇）与杜娜士卡

杜　　请候一会儿。（下）

煎　　候是可以候的，就怕误了公事：好容易偷了一点工夫，从法庭里溜出来。忽然厅长想到："执行官呢？执行官到哪里去了？"——"去相亲喽……"——"下次可不准他去相亲——"让我再看一看那张清单。（念）"石头楼房全幢"……（翻眼向上，寻视室中一周）有的！（续念）"边房双幢；石基，木造各一。"……木头房子可不大强。"双套雕花马车及雪橇各一辆，附大小地毯。"也许只能当碎木头卖，老太婆却说是头等货；好啦，就算头等货吧。"银匙双打"……自然，搭家庭用得着银匙的。"狐裘双件"……呣？……"鸭绒绣枕大小各成对。"（咬紧嘴唇）"绸衣六套，布裳六件，睡衣两件……"这是空头玩意！"裹衣，饭巾"……这都随她的便，有没有不吃劲。应该仔细查点一下。现在说得满好，又有房产，又有车马，只要一娶下来，剩些鸭绒鸭毛。

铃声又响。杜娜士卡匆匆地从屋内穿过，走去开门。但闻语声：在家吗？——在家呢。

第十五场　伊凡·柏夫洛维奇与奥奴慈金

杜　　请候一会儿。就出来的。

　　杜下。奥与煎鞠躬为礼。

煎　　您好呀?

奥　　足下是不是美丽的女主人的老太爷?

煎　　不是的，并不是老太爷。我还没有生小孩呢。

奥　　啊哟，对不住，对不住!

煎　　（向旁言）这个人的面貌，有点儿可疑。他到这里，怕也是和我一样的来意。（大声）您来见这里的女主人，有什么贵干?

奥　　没有……没有什么事情，散散步，顺便来一趟。

煎　　（向旁言）胡说，胡说，顺便来的！这傻蛋也想娶亲!

　　铃声又响。杜娜士卡穿过屋子去开门。外屋语声：在家吗？——在家呢。

第十六场　上场人物

与芮瓦金（女仆随入）

芮　（向杜）好姑娘，请你替我刷一刷……街上尘土粘了不少。在这边，请你把一根毛取下来。（转身）行啦！谢谢你，好姑娘，你再看一看：好像一只小蜘蛛爬着！后跟上有什么没有？谢谢你，好姑娘！这里，好像又是什么。（手触礼服袖，向奥奴慈金与伊凡·柏夫洛维奇那边看了一眼）这是英国呢子！真经穿！95年时候，我们的舰队在西西里亚，我那时还在做练习生，买了这块料子，缝了一件制服；801年，柏卫·彼得洛维奇皇帝时代，我升为少尉，这块呢子还是完全新的，814年，出发周游世界，只是摺缝上有点磨破；815年，告老退休，只是翻了翻面子；已经穿了十年，至今还是簇簇新的。谢谢你，好姑娘……美姑娘！（用手舔唇，走进镜前，轻理头发）

奥　请问，西西里亚是……您刚才说过西西里亚——那是好地方吗？

芮　好地方！我们在那里驻扎了三十四天；风景不瞒你说，是太美了。山啊，石榴树啊，满是意大利女人，全像一朵朵小玫瑰花，真想抱着和她们亲嘴。

奥　还都是有知识的吗？

芮　知识高极了！那样的知识，除了我们的侯爵夫人们才有的。我们有时到街上走一走，——既然是俄罗斯的尉官，自然是肩章，（指肩）金丝边，旁边走着些脸色黑俏的美女——他们每家人家都有平台，屋顶就像这样的地板。完全是平的，——抬头一看，平台上正坐着一朵玫瑰花……自然不能丢失面子……（鞠躬，挥手）她也只是这样。（举手指示手势）穿得也自然是塔夫绸，丝带子戴着各色各样的耳环，……一句话，一块好吃的东西……

奥　请问您一句话：西西里亚说哪国语？

芮　自然说法国话。

奥　一般姑娘们都说法国话吗？

芮　全说的。我对您说，您也许不信：我们住了三十四天，一句俄国话也没有听见她们说过。

奥　一句也没有说？

芮　一句也没有说。那些贵族，和别的体面人，一些军官们，自然不必说；但是普通的乡下人，背上扛东西的苦力，你如对他说：——“喂，老乡，拿一块面包来。”——他不明白，真不会明白的，要是说法国话：“Dateci del pane”——或说——“Portate vino”他才明白，跑去取来了。

煎　这西西里亚，我想是很有趣的地方。您刚才说：乡下人，乡下人是怎么样的？是不是同俄国乡下人完全一样，——宽宽的肩膀，还种田不种田呢？

芮　不敢说：没有看见他们种田不种田；至于烟呢？我可以说他们不但闻，还往嘴里放。来往运输也是很便宜的，那边全是水，四处是小渡船——一个小意大利女人坐在那里，像一朵玫瑰花，穿得很齐整，硬袖和头巾，……一些英国军官们和我们在一块儿，也是一类海军界的人……开始真有点两样，互相不明白；后来一熟，就随随便便地明白了。一指瓶子或杯子，立刻就知道是喝酒的意思；拳头向嘴里一升，嘴唇说出“柏夫，柏夫”的声音，——就知道是抽烟斗。我不瞒您说，言语是很容易学的东西，——水手们两三天就会互相了解的。

煎　可见外国的生活是很有趣的。我十分喜欢同有阅历的人交朋友。请问：贵姓？

芮　芮瓦金，退职少尉。请问：贵姓？

煎　伊凡·柏夫洛维奇·煎鸡蛋，法院执行官。

芮　（未听清）是的，我也吃过了。我知道路很远，天气又冷，吃了一块面包，一点咸鱼。

煎　您大概没有明白，贱姓就叫煎鸡蛋。

芮　（鞠躬）啊哟，对不住！我的耳朵有点不管事了。我真以为您说您吃了一盘煎鸡蛋。

煎　有什么办法！我早就打算请求厅长，准我改姓，家中人劝我不必改，改来改去，还是更难听。①

---

① “煎鸡蛋”俄文原音“耶伊赤尼赤”。译者译时，颇费斟酌，因为译原音，对于不识。俄文之一般读者，将不生若何幽默的意味。决定译其义为“煎鸡蛋”，较可不失。原文风趣。惟因此，不能不将此句亦改译如正文，自知大失原文幽默味，但亦无。可如何。兹将直译之原文附录以后，以资对照：“煎有什么办法，我早就打算请。求厅长，准我改姓‘耶伊赤尼城’，家中人劝我不必改，一改倒像了‘狗儿子’了。”按俄文“狗儿子”音“骚伯赤意，孙”(Sobaohiy Sun) 其末音“孙”与“耶伊赤尼城”(Zaichnit Sun) 之末音“城”相似，故作此打诨语，意在博观众读者一笑，但译为中文，并无幽默意味，故只好胡乱改译如正文。——译者注

芮　这是常有的事。我们第三舰队全部军官和水手们，有许多姓十分特别：脏水，醉鬼，焦头中尉，还有一个练习生，很好的练习生，姓小洞。上校常说：“喂，小洞，到这儿来！”——还时常跟他开玩笑，说他是一个小洞！

铃声发自前室；费克拉穿室奔去开门。

煎　老太太，好呀！

芮　你好呀，老太太！

奥　你好呀，婀费克拉·伊凡诺夫娜！

费　（忙着出去）谢谢，好，好！

开门。前室语声，在家吗？——在家呢。又是几句分别不清的言语。费克拉恨恨地答。——你瞧。你这个人。

第十七场　上场人物，高慈卡寥夫，鲍阔赖新与费克拉

高　（向鲍）你只要记住你的胆量，别的不要什么。（四顾鞠躬，微露惊色，自语）吓，这一大堆人！这是怎么回事？不也是相亲的吗！（推费克拉，轻声与语）从哪里聚来这许多乌鸦？

费　（微语）不是乌鸦，全是规规矩矩的人。

高　（对她）客人不少，都是些阿猫阿狗。

费　瞧你自己的脸面，少吹牛，出门摆阔，家里也许没有

烧粥的米。

高　　你的进项，恐怕要落空，（大声）她现在做些什么？这扇门是不是通她的卧室？（走近门去）

费　　别不要脸！对你说过，人家在穿衣裳呢。

高　　有什么要紧？那有什么关系？只是看一看,没有别的。（向锁缝窥望）

芮　　让我也张望一下。

煎　　让我也看一看。

高　　（继续张望）看不见什么，先生们！看不清白晃晃的是什么，女人或是枕头。

众聚门前，推搡上去看望。

高　　嗞……出来了。

众奔散。

第十八场　上场人物，亚里娜·潘铁莱莫诺夫娜与婀格费·蒂霍诺夫娜（众人鞠躬）

亚　　诸位来此，有何贵干？

煎　　我看报知道府上有人打算包运木材，我是法院的执行官，特来打听木材的种类，多少数目和包运的期限。

亚　　虽然不想包运什么，您的光临是很欢迎的。贵姓？

煎　　伊凡·柏夫洛维奇·煎鸡蛋，八品官。

亚　　请坐。（向芮瓦金看望）请问……

芮　我也是看见报上广告，心想来走走。天气很好，路上全是香草……

亚　贵姓？

芮　退职海军少尉，巴尔扎达尔·巴尔扎达洛夫·芮瓦金第二。以前还有一个芮瓦金，比我先退职；膝盖的下面受伤，枪弹中得很奇怪，并没有打中膝盖，却穿着筋过去，好像针缝似的。你同他站在一起，老好像他要用膝盖从后面冷不防打你一下。

亚　请坐。（向奥奴慈金）请问贵干？

奥　本街一个邻居。因为住得很近……

亚　您是不是住在对门，商人的妻子图鲁鲍瓦的屋里？

奥　不是的。我现在还在沙滩，不久就想搬到近处来，到这一带来。

亚　请坐，请坐。（向高慈卡阔夫）请问……

高　难道您不认识我吗？（向阿格费·蒂霍诺夫娜）您也不认识吗，小姐？

婀　好像从来没有跟您见过面。

高　你想一想吧，您一定在什么地方见过我的。

婀　真的是不知道。莫非在皮留士金家里吗？

高　就在皮留士金家里。

婀　您还不知道，她出了一件事。

高　是出嫁了？

婀　不是的，能够这样还不错。她是摔坏了腿。

亚　摔得挺厉害。黑夜里坐着雪车回家，马夫醉了，把她从雪车里摔了出来。

高　我记得是出了点事儿：不是出嫁，便是摔坏了腿。

婀　　贵姓?

高　　敝姓——伊里亚·福米奇·高慈卡寥夫。我们还沾点亲；内人常说起的……让我介绍，让我介绍，（执鲍阔赖新手，拉其向前）敝友鲍阔赖新·伊凡·库慈米奇，七品文官，收发主任，一个人办全部的工作，把自己部分的事务做得很完善。

婀　　贵姓呀?

高　　鲍阔赖新·伊凡·库慈米奇，鲍阔赖新。局长是派来摆样的，一切事都归鲍先生干。

婀　　是的。请坐吧。

第十九场　上场人物与司达里阔夫

司　　（两手轻按腰际，做商人式的、匆快的鞠躬）好呀，亚里娜·潘铁莱莫诺夫娜！百货商场里有人说您出卖羊毛！

婀　　（身体一扭，露出不屑的神气，轻声说话，却使他听得见）此地不是买卖铺子。

司　　咦！来得不是时候?是不是没有我们的份儿，就把事情弄妥了?

婀　　请吧，请吧，阿列赛·特米脱里维奇；羊毛虽然不出卖，您来串门是很欢迎的。请坐吧。

众坐。沉默。

煎　今天天气真奇怪，早晨好像下雨，现在又仿佛过去了。

婀　这天气真不像样，有时晴，有时完全下雨，没趣得很。

芮　我随舰队到西西里亚去的时候，正是春天，——比较一下，就跟我们的二月一样：出门时有太阳，一会儿就下雨，一看，真的就是雨。

煎　最不痛快的是遇上这种天气一人坐在家里。有家眷的自然完全不同，——不会闷的。如果光身，那简直是……

芮　那等于死，简直是死！

奥　这真可以说是……

高　什么？——那简直是磨难！活得都不快活！这样的苦事还是不去尝试的好。

煎　小姐，要是由您挑选意中人，请问您对于这个有怎样的趣味？恕我直说。您心目中的姑爷，是当什么差使的体面些？

芮　小姐，你愿意熟悉航海的人做姑爷吗？

高　不对，不对！据我看来，那人能独自管理全局子的事情的，是最好的丈夫。

奥　何必固执成见？为什么您看不起那类虽然在步兵营里当差，却懂得上等社会仪节的人呢？

煎　小姐，您自己解决吧！

婀　（沉默不语）

费　您回答呀，对他们说呀。

煎　怎么样呢？

高　你的高见呢，婀格费·蒂霍诺夫娜？

费　　（轻语婀）说呀说呀，说：——谢谢，我很高兴……这样呆坐着不好。

婀　　（轻声）我害臊，真的害臊；我要走，真的要走。婶婶，你替我伴一伴客。

费　　唉，别走，别做寒蠢事；这真寒蠢。他们不知要如何想法。

婀　　（又轻声）不行，我要走，我要走！（奔下。费克拉与亚里娜随下）

第二十场

上场人物（除下场者不计）

煎　　全走喽，这算怎么回事？这是什么意思？

高　　一定出了什么岔儿？

芮　　大概是关于女太太们的服饰……要把什么按一按好……袖头呀……别针呀……

费克拉上。众向问：什么？什么事情？

高　　出了什么岔儿？

费　　怎么会出了什么岔儿？真的，什么事也没有。

高　　那么她为什么走出去呢？

费　　你们把她弄害臊了，所以就出去了。你们把她弄得难为情得很，竟坐不住了。她现在叫我给诸位道歉，晚上请到这里来喝杯茶。（下）

煎　（向旁言）又是喝杯茶！就为这个，我不喜欢说媒：今天不成，请明天来，后天再去喝杯茶，要不还让她考虑一考虑，真是麻烦极了，其实这算什么屁事，一点也不难解决的！我是有职务的人，我没有工夫。

高　（向鲍）姑娘并不坏呀，是不是？

鲍　是的，不坏。

芮　姑娘是不错呀？

高　（向旁言）不对劲！这个傻子爱上了。也许还会从中阻梗！（大声说）完全不好看，完全不好看。

煎　鼻子太大。

芮　鼻子我倒没有看见。她像一朵玫瑰花一般。

奥　我也是这个意见。不过，不对，不对……我以为她不见得明白上等社会的仪节。并且她会不会说法国话呢？

芮　请问，您怎么不试一试同她说几句法国话呢？也许会说的。

奥　您以为我会说法国话吗？我没有取得这种教育的运气。家父是个混蛋、畜生，他并不想教我念法文。我那时还是小孩，容易学，只要好生揍两下，就会学好，一定会学好的。

芮　现在您既然不懂，那么您有什么好处，要是她……

奥　不是的，不是的。女人是另一件事：她必须要懂的，要是不懂，她就那个，那个……（指手势）简直不那个了。

煎　（向旁言）这事让别人去操心吧。我要到院子里去看一看正房和边房去，要是都不错，今天晚上就进行。

这些人我不怕，都是顶软弱的。新娘子是不喜欢这种人的。

芮　去抽一筒烟去。我们是不是顺道？请问，府上住在哪儿？

奥　沙滩，彼得胡同。

芮　这要绕弯的，我住在岛上，十八条街；不过我可以送您。

司　这里有点官气十足。但是婀格费·蒂霍诺夫娜，你以后会想到我们的！再见吧，先生们！

（鞠躬而下）

第二十一场　鲍阔赖新与高慈卡寥夫

鲍　我们等着做什么？

高　是不是，姑娘挺漂亮？

鲍　得啦。说老实话，我不喜欢。

高　咦！这是怎么回事？你自己还说她好看来着。

鲍　有点不那个：鼻子太长，又不会说法国话。

高　这算怎么回事？说不说法国话于你有什么用？

鲍　新娘子总是应该会说法国话的。

高　为什么呢？

鲍　因为……我也不知因为什么，总是有点不那个。

高　真是傻子。刚才那个人一说，他耳朵里就钻进去了。

她是美女，简直是美女；这样的美女是无处寻找的。

鲍　　起初我觉得很中意，以后大家全说她鼻子太长，鼻子太长，——我一看，自己也看出鼻子太长来了。

高　　你笨得真可以！他们是故意这么说，好把你支开，连我也不敢夸奖，——全是这样做的。其实这个姑娘十分出色！你只要看她的眼睛，那双眼睛，那玩意，真要命，又会说，又会呼吸。鼻子呢？我说不出是怎样的鼻子，白得像石膏！不，石膏都不能比的。你自己好生相一相。

鲍　　（微笑）现在我又看出她好像是美的。

高　　自然是美的。你听着，现在大家都散了，我们去找她谈谈，一下子就可确定了。

鲍　　这个我不干。

高　　为什么呢？

鲍　　这不是胡闹吗？我们人很多，让她自己挑选好啦。

高　　你何必管他们，你怕情敌，是不是？好不好，我把他们一下子全撵走？

鲍　　看你怎么撵走？

高　　这包在我身上。你只要给我赌咒，以后不许再扭扭捏捏的。

鲍　　可以赌咒。我想娶亲，不再固执了。

高　　手呢！

鲍　　（授以手）拿去！

高　　这才是我求之不得的。

两人下。

第二幕　婀格费·蒂霍诺夫娜家中一室

第一场　婀格费·蒂霍诺夫娜一人，高慈卡寥夫后上。

婀　挑选——真是难事！一两人还罢了，一下子四个，——随便你挑选。尼堪诺·伊凡诺维奇长得不坏，自然嫌他瘦些；伊凡·库慈米奇也不错。说实话，伊凡·柏夫洛维奇也不错，虽然胖些，总是很体面的男子。请问：怎么办好？巴达扎·巴达扎洛维奇又是个体面男子。这真是难决定，别提多么难啦！如果把尼堪诺·伊凡诺维奇的嘴唇安在伊凡·库慈米奇的鼻子下面，再添上巴达扎·巴达扎洛维奇那样的活泼，伊凡·柏夫洛维奇那样的发福——我是立刻可以决定的。现在你去想想吧！简直头都要胀痛的。我想最好是抓阄。抓住谁的阄，就嫁谁，一切全凭天意。把他们的名字写在纸上，搓成小卷，抓到什么就是什么。（走至桌旁取剪刀与纸，剪成数小纸，一边搓卷，一边说话）我们姑娘的地位，尤其是有了爱情的，真是不幸呀。男人是不懂，也不愿意明白的。这不是都弄好了吗？只要放到手提包里，闭住眼睛，抓到什么，就是什么。（将纸卷放手提包中，用手搅乱之）可怕得很……但能抽出尼堪诺·伊凡诺维奇来才好呢！为什么是他？不如抽出伊凡·库慈米奇来。为什么是伊凡·库慈米奇呢？别的那些人，比他坏在哪里？……这样不行……抽出什么，就算什么。（伸手入提包，摸索一会儿，将纸卷全部掏出）咦，全有！全抽出来啦！唉，心跳得要命！不行，只能一个，只能一个！（将纸卷重放手提包中，搅乱之。高慈卡寥夫轻声入室，立于其后）唉，但能抽出巴达扎来才好……我怎么喽！我要说的是尼堪诺·伊凡诺维奇……不，不要，不要！命里注定谁，就是谁吧。

高　挑伊凡·库慈米奇，比别人全好。

婀　啊哟！（惊跳起来，双手掩面，不敢向后望）

高　您怕什么？别怕，这是我。您挑伊凡·库慈米奇，真是最好的。

婀　嗯，我害臊，您全听见了。

高　没有，没有！我是自己人，亲戚，用不着当着我害臊；你揭开脸来吧。

婀　（脸半开）我真是害臊。

高　您就挑伊凡·库慈米奇吧！

婀　啊哟！（又惊跳，双手掩面）

高　这人真是难得的好人，办事太好……简直是能干手儿！

婀　（脸微开）但是别的人呢？尼堪诺·伊凡诺维奇——他也是好人。

高　比起伊凡·库慈米奇，他简直是废货。

婀　为什么呢？

高　明白的道理。伊凡·库慈米奇这个人……这个人……是哪儿都找不出来的人。

婀　伊凡·柏夫洛维奇呢？

高　伊凡·柏夫洛维奇也是废货，他们大家全是废货。

婀　全是的吗？

高　您只要比较一下，就可以看出：无论哪方面，伊凡·库慈米奇最好！那些伊凡·柏夫洛维奇，尼堪诺·伊凡诺维奇，一古脑儿，都不是玩意儿！

婀　他们是很……规矩的。

高　局什么规矩！是些好打架，最爱胡闹的人！您总不高兴出阁第二天就挨打吧。

婀　唉，要命！这真是最坏不过的倒霉事。

高　自然喽！再也没有比这个坏的。

婀　那么您看是挑伊凡·库慈米奇好吗？

高　自然挑他的好，挑伊凡·库慈米奇的好。（向旁言）这事情好像有门啦。鲍阔赖新坐在点心店里，快去找他来。

婀　您以为挑伊凡·库慈米奇的好？

高　一定要挑伊凡·库慈米奇。

婀　别的人莫非拒绝？

高　自然拒绝。

婀　这怎么办？有些害臊。

高　害什么臊？你就说年纪还轻，不想出嫁。

婀　他们不会相信，一定要问：为什么？怎么回事？

高　如果您想一刀两断，只要说："滚开，傻子们！"

婀　怎么能这样说呢？

高　您不妨试一试：我包您，大家立刻就会跑走的。

婀　这好像近乎骂人。

高　您不会再和他们相见，那还不是一样的吗？

婀　总是不大好。……他们会生气的。

高　就是生气,也没有什么大不了的？如果会出什么乱子，那是另一件事；这件事情，最多也不过是朝眼睛上唾一口痰罢了。

婀　那还不是吗！

高　那有什么了不得的？真的，有的人挨过人家许多次的吐沫！我认识一个朋友：很美丽的男子，脸上红喷喷的，他在长官面前请求加薪，不断地说，弄得人家厌烦得很，最后忍不住了，便朝他脸上唾了一口，说道："给你这个，这就是你的加薪，走开吧，魔鬼！"但是薪水到底是加了。所以唾一口痰，有什么关系呢？如果手绢不在近边，那是另一件事；如果手绢就在口袋里，——取出来，擦干净就好了。（外屋铃声大震）有人打门，一定是他们中间什么人，我现在不高兴同他们相见。府上没有别的门出去吗？

婀　可以从黑梯子那里走出去，我真是全身在抖索。

高　不要紧，只要振作起精神来。再见吧！（向旁言）快去带鲍阔赖新来。

第二场　婀格费·蒂霍诺夫娜与煎鸡蛋

煎　小姐，我故意来得早些，为的是有工夫和您密谈几句。小姐，关于官爵，我想您是知道的：我是八品官，上司宠爱，雇员也服从……只缺一样：人生的伴侣。

婀　是的。

煎　现在我找到这个人生的伴侣了。这伴侣——就是您。请您直说：行，或是不行？（视女肩，从旁言）她并不像那些瘦女人似的，——还有点儿味道。

婀　我年纪还轻……还不打算出嫁。

煎　对不住，既是如此，为什么叫媒婆来张罗？也许您想说别的话——请您直说吧……
（闻铃声）真倒霉！简直不叫人家办正事。

第三场　上场人物与芮瓦金

芮　对不住，小姐，我也许来得太早啦。（回身见煎鸡蛋）啊，已经有人啦……伊凡·柏夫洛维奇，好呀！

煎　　（向旁言）好呀，好呀，滚你妈的蛋！（高声）怎么样呢，小姐？请您说一个字：行，或是不行？……（铃声又震；煎鸡蛋怒而唾地）又是铃响！

第四场　上场人物与奥奴慈金

奥　　小姐，也许鄙人来府较早，有失体面……（看见他人在场，发喊一声，上前鞠躬）好呀！

煎　　（向旁言）收回你的问好！鬼差你来，你的腿怎么不早折断！（高声）怎么样呢，小姐，请决定吧！我是公务人员，没有多少工夫——行，或是不行？

婀　　（惊惶）不用……不用……（向旁言）弄得我莫名其妙，不知说什么好！

煎　　怎么不用？在哪一方面不用？

婀　　没有什么，没有什么……我不是那个意思……（一鼓作气）滚出去！……（摆手向旁言）啊哟，要命！我说的是什么话呀？

煎　　怎么"滚出去"？"滚出去"是什么意思？请问您，说这句话的用意是什么？（两手撑腰，凶狠地逼到她面前来）

婀　　（目望其面，发喊一声）喔唷。要揍人了，要揍人了。

跑下。煎鸡蛋张口结舌，站在那里。亚里娜·潘铁莱莫诺夫娜闻声跑入，目视其面，亦喊了一声：'喔唷，要揍人了！”立即跑下。

煎　这算什么玩意！这真是笑话！

门前铃响，并闻语声。

高慈卡寥夫之声　进来，进来，站在这儿做什么？

鲍阔赖新之声　你先去。我一会儿就来。腿带解开了，要弄弄好。

高声　你又要溜走的。

鲍声　不，不会溜走的！真是不会溜走的。

第五场　上场人物与高慈卡寥夫

高　凭空又要系起腿带来了。

煎　（向高）请问这位姑娘是不是傻子？

高　怎么啦？出了什么事？

煎　莫名其妙的举动，一下子跑走了，喊着：要揍人了，要揍人了！谁知道是什么意思？

高　她是有点傻气的。她是傻子。

煎　您是她的亲戚吗？

高　是亲戚。

煎　请问哪一宗亲戚？

高　弄不大清楚了。好像家母的婶子是她老太爷的什么亲戚，或是她老太爷是家婶的什么亲戚，内人知道得十分清楚，——这是她们的事情。

煎　她早就犯傻吗？

高　从小就有的。

煎　自然，能聪明些更好，不过傻子也没有什么，只要财产富足就行。

高　她是什么也没有。

煎　怎么，那座石头房子呢？

高　局不过名义上是石头的，您却不知道它是怎么造成的：墙纸砌了一片砖，中间全塞些脏土、木片、刨花之类的废料。

煎　您说的是真的？

高　一点也不错。您还不知道，现在造的是什么房子？只要能向当铺典押就行。

煎　这房子是不是没有典出去？

高　谁跟您说的？老实说，不但典了出去，而且有两年多没有付利息。元老院里已经有一个人打这所房子的主意，——还没有看见过这样好包揽词讼的人，连天理良心都没有的，自己母亲最后的一条裙子，他都会剥去的。

煎　这个媒婆怎么说……吓，这媒婆，老魔鬼，简直是混蛋……（向旁言）可是也许他撒谎。去好生盘问老太婆一下，如果实在……吓……叫她知道我的厉害，是与众不同的。

奥　有一点小事奉求。兄弟自己不懂法文，老实说，很难自己判断太太们懂不懂法文。请问，这位小姐懂不懂法文？

高　一窍不通。

奥　真的吗？

高　　自然喽！这是我很知道的。她同内人在寄宿学校里是同学。她是出名的懒货，永远是傻里傻气的。那个法文教师常举棍打她。

奥　　我头一次和她见面，就有一种预觉，好像她不懂法文。

煎　　法文不法文，管它呢！那个媒婆真是可恶……真是魔鬼，女妖！你们知道她说得多么天花乱坠——真是画家，上等画家。她说："石头房子，石基的边房，银匙，雪橇，——坐上就去游玩！"一句话，连小说里都找不出这样一页来。这老家伙！你只要给我碰见……

第六场　上场人物与费克拉
（大家看见她，同时朝她说下面的话）

煎　　好！她来啦！你过来，老妖精！你过来！

奥　　你把我骗了，婀费克拉·伊凡诺夫娜！

高　　吃生活去吧，野货！

费　　把我耳朵震聋了，一句话也弄不明白。

煎　　这房子是用一种砖头砌的，你这老家伙，却胡说八道，还说带着阁楼，说了一大套。

费　　那个我不知道，并不是我造的。也许应该是用一种砖头造的。

煎　　已经往当铺里典押了！你这可恶的妖精，叫小鬼吞噬你下去。（跺脚）

费　　你瞧你！居然骂起来了。换别的人，人家替他忙了半天，道谢都来不及呢。

奥　　婀费克拉·伊凡诺夫娜，您也曾对我说过好几遍，她是懂法文的。

费　　她懂的，全懂的，德国话，随便哪一国话全懂的。

奥　　不对吧。好像她只会说俄国话。

费　　那有什么坏的？因为俄国话容易明白，她就说俄国话。要是她会说中国话，您自己又一句不懂，岂不更坏。对于俄国话，有什么可议论的，——连神道都是说俄国话的。

煎　　你走过来，可恶东西，走过来！

费　　（倒退近门）我不来。我知道你的，你这人粗得很，无缘无故会揍我的。

煎　　这个不会让你白饶过去的。我把你送到警察厅去，使你知道应该不应该欺骗好人。你瞧着吧。你去对那个姑娘说她是混蛋！记住，一定说。（下）

费　　瞧你这样子！生气得这样！人一胖，就以为人家都比不上他了。我要说，你自己是混蛋！

奥　　老实说，我没有想到您会这样骗人的。我要是知道这姑娘的学问是这样的，吓，我……我的脚是决不会踏到此地来的。吓，吓！（下）

费　　中了鬼迷，或是喝多了几口黄汤。出了这些挑三挑四的人！方块字把他弄疯了！

第七场　费克拉，芮瓦金与高慈卡寥夫

高　　（目视费，还用手指着，哈哈大笑）

费　　（愠然）你笑什么？（高续笑）

芮　　你看你那样笑法！

高　　媒婆！媒婆！做媒的能手，真会撮合亲事！（续笑）

费　　瞧他笑得那样子：你母亲养下你来，就发疯啦。（怒下）

第八场　高慈卡寥夫与芮瓦金

高　　（续笑）真没有办法！真没有办法！肚子笑炸了，没有劲力！（续笑）

芮　　（目视他，也开始发笑）

高　　（疲然倒椅上）真是累坏了！觉得再笑下去，就没有一点力量了。

芮　　我很佩服您的快乐精神。在鲍台莱夫上校的舰队里有一个练习生潘图霍夫，名叫安东·伊凡诺维奇，也是快乐的脾气。有时候，伸出指头朝他指一下，没

有什么别的，——他会忽然笑起来，一直笑到晚上。瞧着他，自己也觉得好笑起来，便随他一块儿笑了。

高　（透口长气）唉，老天爷！饶了我们吧！她这傻子居然敢做这事！叫她去做媒？她能做得成吗？让我来做媒，才能行啊！

芮　真的吗？您也许真会做媒吗？

高　自然喽！随便什么人，随便哪门子。

芮　既是这样，请您给我和这府上的姑娘做媒吧。

高　给您做媒？为什么您要娶亲？

芮　怎么叫为什么？这个问题，恕我直说，有点奇怪！谁都知道是为什么。

高　您已经听见她并没有妆奁的。

芮　没有也没有法子。自然这并不强，但是这样可爱的小姐，那种举止，就是没有妆奁也娶得。小小的一间屋子，（用手作喻衡量之）不大的外屋，加上一座小屏风，或是像隔扇一类的东西……

高　她有什么地方使您喜欢的？

芮　说实话，我爱她的胖。我最爱胖女人。

高　（斜视他，向旁言）他自己并不美到什么地步，好像一片烟叶倾倒尽的烟袋。（高声）你是完全不该结婚的。

芮　怎么样呢？

高　就是这样。在我们两人中间说，您是什么模样？您那鸡腿……

芮　鸡腿？

高　自然是的。您看您的样子！

芮　请问，怎么叫做鸡腿？

高　简直是鸡腿。

芮　我觉得这关涉到个人的名誉……

高　我说这话，因为我知道您是明白人；别的人我不会说的。我可以给您做媒，做别家人家的。

芮　我求您不要替我做别家的媒。费心替我和这家做媒。

高　可以，可以，不过有一个条件：您不能从中参与，不许见小姐的面，我一人就把事情办妥了。

芮　没有我在场，怎么能行？哪怕见面总要见一下的。

高　一点也用不着。回家去等着，今天晚上就成。

芮　（搓手）这真妙极了！用不用文凭，履历？也许小姐要看一看，我立刻去取来。

高　一点也用不着，回家去好啦。我今天就通知您。（推他出去）吓，行啦。怎么啦？那个鲍阔赖新怎么不来？这真奇怪。他至今还在系腿带吗？又要去找他吗？

第九场　高慈卡寥夫与婀格费·蒂霍诺夫娜

婀　（环望）走了吗？没有人吗？

高　走了，走了，没有人了。

婀　您晓得我真抖索！我从来没有经过这事。这个煎鸡蛋太可怕了，一定是虐待妻子的人。我老觉得他会回来的。

高　决不会回来的。要是他们有人到此地露一下脸，我可以把脑袋瓜子摘下来。

娴　还有一个呢？

高　哪一个？

芮　（头伸门内）真想知道她那张小嘴……那朵玫瑰花……怎么样提起我来？

娴　巴达扎·巴达扎洛维奇呢？

芮　来啦，来啦！（搓手）

高　真要命！我以为您说的是另外一个人。他简直是一个十足的傻子。

芮　这是什么意思？老实说，我真是莫名其妙。

娴　不过他的样子看来是很好的人。

高　是醉鬼！

芮　真是莫名其妙。

娴　难道还是醉鬼吗？

高　而且还是万恶的混蛋。

芮　（高声）喂，我并没有请您说这种话啊。替我吹嘘吹嘘，夸奖一两声，那还可以说，可是用这种方法，说出这样言语，除非别人，我是不敢请教的。

高　（向旁言）这家伙怎么会回头的。（轻声向娴）您瞧您瞧，他都站立不住了。他天天喝得弯来倒去。赶走他，就完了！（向旁言）鲍阔赖新还没有来。真是混蛋！非去痛骂他一顿不可。（下）

第十场　婀格费·蒂霍诺夫娜与芮瓦金

芮　　（向旁言）真是怪人！答应替我吹嘘，反而骂起来了！（高声）小姐，请您不要相信……

婀　　对不住，我有点不舒服……头痛。（思下）

芮　　也许您瞧我有什么不中意的地方。（指头）您别瞧我这里有点秃，这是不要紧的，发了疟子后才这样；不久会长出头发的。

婀　　随您有没有头发，于我不相干。

芮　　小姐……我要是穿上黑色礼服，脸色会白些。

婀　　那不于您更好吗？再见吧！（下）

第十一场

芮瓦金（望女背影，独自说话）

小姐，请您说个原因。为什么？什么理由？是不是我身上有什么重要的缺点？……走啦！这事情太怪了！这已经是第十七次了，老是一样的结局：

起初好像什么都好，一到临了——就给拒绝了。（屋中踱步沉思）是的……这一位确是第十七个待嫁女！究竟她要的是什么！譬如说，她想什么……何以会这样的……（寻思）真是莫名其妙！要是我有什么地方不好看，还可以说说。（审视己身）好像并不难看：长得什么都齐全，没有抱屈的。真不明白！回家去，到箱子里翻一翻，好吗？我有一首诗，哪一个女人看了都会心软的……真是莫名其妙，起初好像很顺利……没有法子，只好回头走吧。唉，可惜，可惜。（下）

第十二场　鲍阔赖新与高慈卡寥夫（同上，向后望）

高　他没有看见我们。没见他垂头丧气地出门吗？

鲍　真的他也和别人一样被拒绝了吗？

高　全拒绝了。

鲍　（发出自满的微笑）受拒绝时大概是很不好受的。

高　自然喽！

鲍　我总不信她会直说瞧我比别人好的。

高　什么瞧你好不好！简直爱你得了不得。那样的爱情，不知说了多少好听的名词，那股热劲，——简直烧得滚烫。

鲍　　（自得地冷笑）实在的，女人果真愿意，什么话会说不出来！小狗嘴呀，小蟑螂呀，小黑脸呀……一辈子也想不出来那些名词。

高　　这些名词算什么！你娶过来后，一两月内就知道会说出什么话来；简直，老兄，要把你弄酥了呢。

鲍　　（冷笑）真的吗?

高　　你真是老实人！现在赶快办正事吧。你立刻就去对她说，向她求婚。

鲍　　怎么能立刻呢？你怎么啦！

高　　立刻就去……你看她自己来啦。

第十三场　上场人物

与婀格费·蒂霍诺夫娜

高　　小姐，我把这人领来了，他现在站在您的面前。这样恋爱的人，从来没有见过，真的从来未有过的。

鲍　　（推他的手轻语）老兄，你似乎太那个了。

高　　（向他）没有关系，没有关系。（轻声向她）勇敢些，他是很老实的，竭力做得大方些。转转眉毛，或是低垂眼睛，冷不防攻击这坏蛋一下，或是露出肩膀，让这混蛋看一看！——你干吗不穿件短袖的衣裳？不过这也行。（高声）两位且请谈话，我要离开一会儿！我到饭厅里去看一看：已经定了酒席，跑堂的就来，

要去布置布置。也许酒已经送来了。……再见吧！（向鲍）勇敢些！勇敢些！（下）

第十四场　鲍阔赖新与婀格费·蒂霍诺夫娜

婀　请坐。

两人落坐，默不发言。

鲍　您爱游玩吗，小姐？

婀　怎么游玩？

鲍　夏天在别墅里乘船游玩是很有趣的。

婀　是的，有时同朋友也去游玩的。

鲍　不知道今年是怎样的夏天？

婀　总希望能有一个好夏天。

两人沉默着。

鲍　小姐，您最喜欢哪种花？

婀　香味浓的花——石竹花。

鲍　太太们是很配戴花的。

婀　这是一件有趣的事情。（沉默）上礼拜您到哪个教堂去？

鲍　到升天教堂，再上礼拜到卡桑教堂。但是祷告在哪个教堂都一样的。那个卡桑教堂只是装璜好看些罢了。（沉默。鲍击指桌端）快到叶答德邻果的游春节了。

娴　　大概过一个月吧。

鲍　　一个月不到了。

娴　　一定是很热闹的一个游玩节。

鲍　　今天是初八。（屈指计算）初九，初十，十一……过二十二天。

娴　　真快呀！

鲍　　今天都没有算进去。（沉默）俄罗斯人是真胆大！

娴　　怎么啦?

鲍　　那些工人们，就站在屋顶上……我走过一所房屋，有一个泥匠在那里刷墙，一点也不害怕。

娴　　在什么地方?

鲍　　就是每天我到衙门去的那条路。我是每天早晨上衙门的。

沉默。鲍又击指，随后取起帽子，鞠躬告别。

娴　　您这就要走吗?

鲍　　是的。对不住得很，也许叫您厌烦了。

娴　　怎么能呢? 这样的消遣时光，我反而要感谢您呢。

鲍　　（微笑）真的，我觉得我叫您讨厌了。

娴　　真是不！

鲍　　既然不是，一半天儿，晚上，请允许我再来……

娴　　很好，很好。（相对鞠躬。鲍下）

第十五场

婀格费·蒂霍诺夫娜（一人）

真是体面人物！又谦逊，又细心，我现在才看清楚他了，真是不能不叫人爱他！他的朋友说得很对；可惜他老早就走了，我很想再听他说话。同他谈话真有趣！最可取的是他完全不说空话。我也打算对他说一两句话，老实讲，有点胆怯，心跳得厉害……真是好人！去对婶婶说去。（下）

第十六场　鲍阔赖新与高慈卡寥夫（同上）

高　为什么回家？真是胡闹！为什么回家？

鲍　我留在这里做什么？应该说的话，全说了。

高　这么说，你已经对她说出心事了吗？

鲍　就除了心事还没有说出来。

高　真是笑话！为什么不说？

鲍　怎么能不先说几句话，忽然没来由地说：“小姐，我要娶你！”

高　　那么你们半点钟功夫，讲了什么屁事？

鲍　　我们谈到一切事情。说实话，我很满意，十分愉快地消遣时光。

高　　你想一想,怎么能来得及？一点钟就要到教堂去结婚。

鲍　　不是发疯了吗？今天就去结婚！……

高　　为什么不行？

鲍　　今天就结婚？

高　　你自己赌过咒，自己说过，只要把那些求婚的人赶走，——立刻就预备结婚的。

鲍　　我决不食言，不过现在不行；至少要隔一个月。

高　　一个月！

鲍　　自然喽。

高　　你是发疯了吗？

鲍　　少一个月不成。

高　　你真是木头！我已经定好酒席了。喂，伊凡·库慈米奇，别固执，好人，现在就娶吧。

鲍　　老兄，你别瞎说！怎么能现在就娶？

高　　伊凡·库慈米奇，我求求你。假如不愿意为自己，至少是为了我，好不好？

鲍　　真是不行。

高　　可以的，可以的；请你别再固执了，好人！

鲍　　真的不行！不好意思，简直不好意思。

高　　有什么不好意思的？谁对你说的？你自己想一想，你是聪明人；我这么求你，并不是奉承你，也不因为你是收发主任，只是为爱你……算了吧，好人，决定一下吧，张开明白人的眼睛来看一下。

鲍　假使可以，我也就……

高　伊凡·库慈米奇！爱人,好人！要不要我给你跪下来?

鲍　为什么呢？……

高　（下跪）我现在跪下了！你看，我求你。一辈子不忘记你的好处，不要固执了，好人！

鲍　不成，老兄，真是不成！

高　（怒起）蠢猪！

鲍　还是骂你自己吧。

高　愚人！从来没有见过这样人的。

鲍　骂吧，骂吧。

高　我为了谁张罗？我忙了半天，图的是什么？全是为了你这傻子的好处。于我有什么关系？我立刻就离开你，于我有什么相干？

鲍　谁请你张罗呢？你不管好啦。

高　你要完的，你没有我，你是做不成事的。不替你撮合，你会一辈子做傻子的。

鲍　于你有什么相干呢？

高　你这木头，我是为你尽力呀。

鲍　我不要你尽力。

高　那么滚你的蛋吧！

鲍　我就走。

高　去你的吧。

鲍　我就走。

高　你去吧，你去吧，叫你出去立刻摔断你的腿。从心坎里希望一个喝醉酒的马夫，把车辕塞进你的喉管里去。是一块破布，不是官员！我起誓，我们从此断交，你也别叫我看见！

鲍　不看见，就不看见吧。（下）

高　滚到你的老朋友魔鬼那里去吧！（开门追喊）傻子！

第十七场

高慈卡寥夫（盛气独自踱走）

世界上看见过这样的人吗？真是傻子！说句实在话，我也够好的。请问一声，我是对诸位大家说的，我是不是愚人，是不是傻子？忙忙乱乱，喊得嗓子都干了，图的是什么？请问，他是我的什么人？是亲戚吗？我是他的什么人？奶娘？婶娘？丈母娘？寄母？中了什么魔，我替他张罗，忙得要命？图的是什么？管这事做什么？真不知道是为了什么！你有时候去问问一个人，为什么他做这件事情？真是混蛋！真是讨厌的下贱的面孔！抓起你这傻畜生，给你几下，鼻子上，耳朵上，嘴上，牙齿上——朝什么地方都打去。（盛气里空击数次）可恨的是他随随便便地出去了，并不发愁，自自在在得好像出水的鹅，——这真是叫人忍受不住！你回到家去，躺在那里，抽开旱烟管了。真是讨厌的东西！讨厌的面貌有的是，但是像这种样子，却想不出来；比这面貌再坏些是

编不出来的，真是编不出来的！不成，一定要去，偏要去把这懒货拉回来！不让他溜走，去拉他回来！（沉默）

第十八场

婀格费·蒂霍诺夫娜（上）

心跳得真是难以形容。无论走到哪里，转到哪里，总有伊凡·库慈米奇站在面前。实在，人是逃不掉命运的。刚才打算想别一件事情，但是随你做什么事，——试试去卷线，缝手袋——伊凡·库慈米奇会钻到手里来的。（沉默）现在总算巴望到变更环境了！把我领到教堂里去……随后叫我同男人留在一块。喔唷！我全身抖索起来。告别吧，我的从前的处女生活。（哭）多少年过得安安静静的……活着，现在就要出嫁了。不知有多少关心的事：小孩呀，男孩呀，是爱打架的，要是生了女孩，长大起来，——便要打发她们出嫁。嫁给好人，还不错，要是嫁了醉鬼，或是准备当时把一切财产押在纸牌上去的人呢？（又开始呜咽起来）我做姑娘时还没有来得及快活快活，才做了不到二十七年的姑娘……（变更声音）何以伊凡·库慈米奇这般慢吞吞的？

第十九场　婀格费·蒂霍诺夫娜与鲍阔赖新（鲍被高用双手从门外推到台上）

鲍　　（口吃）我来对您，小姐，讲一件事情……只是想预先知道，您会不会觉得奇怪？

婀　　（垂眼）什么事？

鲍　　小姐，请您先说：您会不会觉得奇怪？

婀　　（仍垂眼）我不知道是什么事情？

鲍　　请您直说一下：我对您所说的话，您会不会觉得奇怪？

婀　　怎么会觉得奇怪呢？听您的话，总是很有趣的。

鲍　　但是这种话您还没曾听见过呢。（婀眼皮更见低垂；这时高慈卡寥夫轻声上，立于其后）这事情是这样的……不如让我下次再对您说吧。

婀　　究竟是什么事呢？

鲍　　这件事……我很想现在对您说，可是还有点疑惑。

高　　（摆手自语）哎哟，老天爷，真要命，这是什么人，这简直是一只女人的旧皮鞋，不是人，却是对于人的嘲笑，对于人的讽刺。

婀　　您为什么疑惑？

鲍　　总有点疑惑。

高　　（大声）这真傻透了，这真傻透了！小姐，您看，他是向您求婚，想对您说，他没有您生活不下去。他问您，能不能答应他？

鲍　（近于惧怕，推他一下，很快地说）得啦，你怎么啦？

高　小姐，请您决定，能不能把幸福赐予他？

婀　我不敢说能造就幸福……不过我是答应的。

高　自然，自然，早就应该这样。把你们的手拿来！

鲍　等一等。（欲附耳与语；高示以拳头，并皱眉；他将手伸出）

高　（将两人手联起）愿上帝祝福你们两位！我十二分赞成你们的结合。结婚那件事情是……这并不是雇一辆马车，走到那里去，这是另外一种义务，这种义务……不过我现在没有工夫，以后再对你说，是什么义务，伊凡·库慈米奇，你应该和你的未婚妻接吻。你现在可以做，你现在应该去做。（婀垂眼）不要紧的，不要紧的，小姐，这是应有的文章，让他去接吻！

鲍　小姐，允许我吧，现在可以允许我了。（吻她，并执其手）这般美丽的小手！您的手怎么这样美丽？……小姐，我现在要立刻结婚，一定要立刻结婚。

婀　怎么立刻？这也许太快吧。

鲍　我不管！我愿意立刻就结婚！

高　好呀，很有劲，真是体面人物！说实话，我对你的将来是很有希望的。小姐，您真的现在就到教堂里去了。我知道，您的结婚礼服是早就预备好的。

婀　早就预备好了。我立刻换去。

第二十场　高慈卡寥夫与鲍阔赖新

鲍　老兄，谢谢你，现在我看出你的功劳来了。亲生父亲都不会像你这样为我出力的，可见你为了交情，这样地出力。谢谢你，一辈子忘不了你的功劳。（感动的神情）明年春天一定要到老伯坟前礼拜一下。

高　没有什么，老兄，我自己也很

高　兴。你过来，我吻你一下。（吻其一颊，又吻另一颊）愿你顺顺利利地生活下去。（互吻）丰衣足食，养一大堆小孩……

鲍　谢谢你，我现在才算明白什么叫做生活；现在才在我面前展开了完全新颖的世界。现在我才看出，一切在活动着、生活着、感觉着，又似乎在蒸散着，连自己也不知道在做什么。以前我一点没有看见，一点没有了解，简直就是一个毫无一点知识的人，不去细想，不去深究，像一般普通人那样地生活着。

高　很好，很好！现在我去看一看，桌子摆得怎么样了，一会儿就回来。（向旁言）把帽子藏起来防备着一点。（取帽携走）

第二十一场

鲍阔赖新（一人）

真个的，以前我是怎么过的？了解人生的意义吗？我的独身生活有什么好处？我的一生有什么意义？做过什么事情？活着？当着差？上衙门？吃饭？睡觉？——一句话，是世界上最空虚、最寻常的人。到现在才知道一般不结婚的人是多么愚傻；仔细看看，有多少人处于这种愚盲的情况之下。假使我做了皇上，要下一条谕旨，令一切人，一律结婚，全国不准有一个独身汉。试想一想：几分钟后你已经是有家室的人了！忽然尝到在故事里才会有的甜味，这味道是不能形容，无从以言语形容的。（沉默片刻）但是无论怎么说，好生想一想这事，似乎有点可怕。无论怎么样，是一生，一辈子，把自己缚牢，事后不许再有逃避与反悔，一点也不行，——一切完结，一切做成功了。就连现在也已无法后退，一分钟后就要到教堂去结婚；没有法子逃走，——马车已经候在那里，一切都已准备齐全了。难道真的没有法子逃走吗？自然是不行，门前和各处都站着人，会问你为什么出去？不行，不行！啊，那边窗开着。好不好从窗里出去？不行，不行；有点不体面，而且也太高。

（走近窗前）还不怎么高，只有台阶那么高，而且还是矮台阶。不过我没有帽子，怎么行呢？不戴帽子去行吗？不大合适！难道不戴帽子不行吗？试试看，好不好？试试看，好不好！（立于窗上，说完一句："阿弥陀佛！"就跃到街上，幕后惊呼与发叹）喔唷！真高！喂，马车！

车夫声 要马车吗？

鲍　声 谢米诺夫桥旁边，连河街。

车夫声 一毛钱，不说虚价。

鲍　声 来吧！走吧！

雪橇出行声。

第二十二场

婀格费·蒂霍诺夫娜（穿结婚礼服，含羞垂首而入）

婀 自己也不知道，我是怎么回事！又害臊起来，全身抖索着。喔唷！要是这时候他正出去取什么东西恰巧不在屋内，才好呢！（胆怯地愿望）他哪儿去了？屋里没有人！他到哪儿去了？（开前屋门，向内言）费克拉，伊凡·库慈米奇到哪儿去啦？

费　声 他在那边呢。

婀 在哪儿呢？

费 （欲走）就坐在屋内。

婀　　没有他呀，你瞧。

费　　他并没有从屋里出来，——我坐在前屋里。

婀　　那么他在哪儿呢？

费　　我不知道在哪儿，也许是打别处出去，打黑梯走的，或是坐在亚里娜·潘铁莱莫诺夫娜的屋里？

婀　　婶婶！婶婶！

第二十三场　上场人物与亚里娜·潘铁莱莫诺夫娜

亚　　（盛装）什么事？

婀　　伊凡·库慈米奇在你屋里吗？

亚　　没有，他坐在这里；没有到我屋里来。

婀　　也没有到过前屋来，我是坐在那里的。

第二十四场　上场人物与高慈卡寥夫

高　　什么事？

婀　　伊凡·库慈米奇没有了。

高　　怎么没有？走了吗？

婀　　没有，并没有走。

高　　那是怎么回事？既没有他，又没有走。

费　　我真猜不到，他到哪里去了？前屋里我老坐着，不动弹。

亚　　他无论如何不会打黑梯子走的。

高　　那怎么样呢？他不出屋子，也是无论如何不会丢的。莫非躲在哪里？……伊凡·库慈米奇！你在哪儿？算了吧！别淘气，快点出来！这闹什么玩意？该到教堂去了！（向衣橱后窥望，又斜眼向椅子底下张望）莫名其妙，他不会走的，无论如何不会走的；他一定在这里，帽子在那间屋内，我故意把它放在那边。

亚　　女仆一直在街上，问问她，知道不知道……杜娜士卡，杜娜士卡！……

第二十五场　上场人物与杜娜士卡

亚　　伊凡·库慈米奇在哪儿？你没有看见吗？

杜　　他从窗里跳出去了。（婀摆手大呼）

三人同语　从窗里跳出去了吗？

杜　　是的，一跳出去，雇了马车，就走了。

亚　　你说的是实话吗？

高　　瞎说，不能够的！

杜　　确是跳出去了！那个油盐店的掌柜也看见的。和马车讲好一毛钱的价钱，就坐车走了！

亚　（逼近高身）先生，您这是开玩笑不是？打算取笑我们是不是？叫我们丢脸是不是？我年纪活到六十岁，这样塌台的事情还没有经过。即使您是诚实人，我也要唾您的脸。即使您是诚实人，做了这件事以后，您已是混蛋。居然当众羞辱人家闺女！我是男子，都不会做这样的事情，何况还是贵族，您的贵族头衔是只能做坏事与欺骗人的！（怒引新娘同下。高呆立不动）

费　怎么样？这就是会办事的角色！说亲不要媒婆！我的那些相亲的，虽然都是阿猫阿狗，对不住，像这样跳窗的角色还没有过。

高　不对，这是瞎说，我到他家去追他回来！（下）

费　你去追他回来吧！你是不懂办喜事的规矩吗？从门里走，还好说，要是未婚夫打窗里溜走，——那只好就算吹喽。

写于 1833—1842

赌　徒

城中旅店一室

第一场

伊哈寥夫（由旅店的仆人阿莱克谢意和他自己的仆从笳佛留士卡伴上）

阿　请吧，请吧！就是这间屋子！最安静的，一点儿声音也没有。

伊　声音没有，也许马队，出赛的马是很多的吗？

阿　您讲的是不是跳虱？请您安心吧。假使跳虱或是臭虫咬您，那是我们的责任，我们可以担保的。

伊　（向笳佛留士卡）出去把行李从车上抬下来。（笳下。向阿莱克谢意）你叫什么名字？

阿　阿莱克谢意。

伊　喂，你听着！（郑重其事）你说一说，有什么人在你们这里住下？

阿　现在住的人很多，几个房间差不多全住满了。

伊　是些什么人？

阿　施伏赫涅夫·彼得·彼得洛维奇，克鲁格里，他是上校。还有司铁彭·伊凡洛维奇·乌铁士铁里涅意。

伊　他们赌牌吗？

阿　已经连着赌了六夜。

伊　拿两个卢布去！（塞到他手内）

阿　（鞠躬）谢谢。

伊　以后还要多给。

阿　谢谢。

伊　他们是彼此之间赌钱吗？

阿　不，新近阿尔图诺夫司基中校全输给他们了。他们又从沈金侯爵手里赢了三万六千。

伊　再给你一张钞票！假使你老老实实侍候，还要多赏。你老实说，是你买的牌吗？

阿　不，他们自己去买的。

伊　从谁那里买的？

阿　从这里的商人瓦赫拉梅金那里。

伊　胡说，胡说，你这骗子！

阿　真是的。

伊　好吧。我以后再同你谈。（笳佛留士卡抬小箱入）放在这里！现在你们出去，给我预备洗脸和刮胡须。

仆人们下。

第二场

伊哈寥夫（一人在场，开启小箱，里面装纸牌多副）

伊　　这样子真好看！每副牌都是金子。用汗血和劳力得来的。说起来容易，那可恶的牌纹画还至今在眼睛里晃来晃去。但是这到底是一样的资本。可以遗传给孩子们！瞧这副牌，这传家宝，简直就是珍珠！我给它起了一个名字：阿台拉意达·伊凡诺夫纳。你替我好好儿做事，亲爱的，像你的姐姐一样；你也替我赢八万，等我回到乡下去的时候，我要给你立一座大理石的纪念碑；到莫斯科去定做。（听到有声音，连忙关上小箱）

第三场

阿莱克谢意与笳佛留士卡（取水桶，面盆与手巾上）

伊　　现在这几位先生在哪儿？在家吗？

阿　　是的，他们现在在大厅里。

伊　　我去看一看是何等样的人。（下）

第四场　阿莱克谢意与笳佛留士卡

阿　怎么，你们从远处来吗?

笳　从略庄来。

阿　你们是那个省里的人吗?

笳　不是的，我们是司莫连司克省的人。

阿　是的。那么说起来，田产在司莫连司克省吗?

笳　不，不在司莫连司克省。在司莫连司克省有一百个灵魂，在卡鲁迟司卡也有八十个。

阿　我明白，那就是在两个省里都有。

笳　是的，在两个省里。我们那里的农仆有：伊格娜奇，餐室的仆人；伯夫鲁士卡，以前跟老爷出外的，还有听差格拉西姆，伊凡，也是听差，伊凡，狗夫，又是伊凡，他是音乐师，厨子格里郭里和谢蒙，园丁瓦鲁赫，马夫特明基，——我们有这许多人！

第五场　上场人物，克鲁格里与施伏赫涅夫（两人悄然上）

克　　我真是怕他和我们在这里撞见。

施　　不要紧的，司铁彭·伊凡诺维奇会拦住他的。（向阿莱克谢意）你去吧，有人叫你！（阿下。施走近笳佛留士卡身旁）你们老爷从哪儿来的?

笳　　现在从略庄来。

施　　地主吗?

笳　　地主。

施　　赌钱吗?

笳　　赌钱。

施　　拿一张钞票去。（授以钞票）你全说出来！

笳　　您不会告诉老爷吗?

两　人　不，不，你别怕！

施　　他现在怎么样，——赢吗？啊?

笳　　你不认识切帕达寥夫上校吗?

施　　不认识。怎么样?

笳　　三个星期以前他赌输给我们八万现钱，一辆华沙式的马车，一只小木箱，还有地毯，金肩章……光一条金带就值六百卢布。

施　　（望克鲁格里一眼，含着深意）吓！八万！（克摇头）

你以为——不干净吗？我们立刻打听一下。（向笳）喂，你们老爷一个人在家里的时候，做点什么事？

笳　做什么事？谁都知道他做什么事。他既然是老爷，自然保持自己的体面，他什么也不做。

施　你胡说，他一定手不离牌。

笳　我不知道，我跟老爷只有两个礼拜，以前永远是伯夫鲁士卡跟他出外的，我们那里还有格拉西姆，是听差，还有伊凡，也是听差狗夫，伊凡，音乐师伊凡，马夫特明基，最近还从乡下叫了一个来。

施　（向克）你以为——是赌棍吗？

克　也许是的。

施　试一试，我们到底来试一试。（两人跑下）

第六场

笳佛留士卡（一人）

笳　狡猾的老爷们！多谢他们赏了一张钞票。可以给玛德连娜买一块包头巾，给小孩子们买点糖吃。我真喜欢出差的生活：老爷打发出去买点什么，——每个卢布上总可以揩一角钱的油，放进自己的口袋里去。你想一想，老爷们在世上活得多舒服呀！想到哪里去，就可以到哪里去！司莫连司克住腻了，就到略庄去，不想到略庄，——就到卡庄，不想到卡庄，就一直到耶洛司拉夫去。只是我至今还不知道哪一个城特殊些，——略庄呢？还是卡庄？——卡庄特殊些，是因为在卡庄……

第七场　伊哈寥夫，笳佛留士卡与阿莱克谢意

伊　　我觉得他们并没有什么特别的地方。但是……我真想剥光他们！天呀，我真想！你瞧，居然心都跳了。（取刷子，肥皂，坐镜前剃须）手简直抖索，怎么也剃不成了。

　　阿莱克谢意入。

阿　　你要吃点什么不要？

伊　　自然，自然！你去取四人吃的凉菜来：鱼子，鲑鱼，四瓶酒。先给他饭吃。（指笳佛留士卡）

阿　　（向笳）请到厨房去，已经给您预备好了。

　　笳佛留士卡下。

伊　　（继续剃须）喂！他们给你多吗？

阿　　谁？

伊　　你不要装傻，说吧！

阿　　是的，我侍候他们，他们赏过我的。

伊　　多少？五十卢布？

阿　　是的。给了五十卢布。

伊　　我不止赏五十，你瞧桌上放着一张一百卢布的钞票，你取了去吧。你怕什么？——不会咬你的。只要你　老老实

实，不求你别的，你明白吗？纸牌从瓦赫拉梅。金或是别的商人那里去买都可以，这不是我的事情， 我另外给你我自己的一打。（授予封好的一张牌）你。明白吗？

阿　　怎么会不明白？请您放心，这是我们的事情。

伊　　牌好生藏起来，不要给人家找到，或是看到。（放下刷子和肥皂，用手巾擦脸，阿莱克谢意下）很好，很好。老实说，我真想骗他们一下。

第八场　施伏赫涅夫，克鲁格里与司铁彭·伊凡诺维奇·乌铁士铁里涅意（同上，鞠躬）

伊　　（迎上去对他们鞠躬）对不住。你们瞧，这屋子不大，一共只有四只椅子。

乌　　主人和蔼的欢迎比一切陈设珍贵。

施　　我们要结交的是好人们，而不是房屋。

乌　　这是实在的。没有朋友我是活不下去的。（向克鲁格里）你记得我到这里来的时候多么孤单呀。你想一想：居然一个朋友也没有。老板是一个老太婆。一个洗地板的女人，天然的丑物，在楼梯上面；我一看，有一个阿尔美尼亚人在她身旁胡缠，显然饿得慌了……一句话，那是死一般的沉闷。忽然命运打发了他来，以后机会又把他领来。……我才高兴了。我若是没有亲密的朋友，连一点钟，连一点钟也住不下去。

我准备将心灵里的一切对每个人都讲出来。

克　老兄，这是你的缺憾，不是你的德行。过犹不及，你一定许多次受过人家的骗。

乌　是的，时常被骗，时常被骗，永远受骗。可是叫我不对人开诚布公，终归办不到。

克　老实话，和一切的人都开诚布公，对于我是无从了解的。至于友谊——那是另外一件事情。

乌　是的，然而人是属于社会的。

克　属是属的，却不是整个的。

乌　是整个的。

克　不是整个的。

乌　是整个的。

施　（向乌）老兄，你不必争辩，你的话不对。

乌　（生气）不，我可以提出证明。这是义务……这，这，这是责任！这，这，这…

施　谈天谈出事来了！兴奋到如此，他所说的头两句话还可以明白，以下就一点也弄不明白。

乌　我不能，我不能！如果这事和义务或责任相关，那我就会一点也不明白的。我平常总是预先声明："诸位，如果谈到这类的话，对不住，我会忘乎所以，真是，我会忘乎所以的。"好像有点微醉的样子，好像胆汁在里面沸腾，一直的沸腾。

伊　（自言自语）朋友，不对！我们知道那类一说到"义务"就忘乎所以，而且十分兴奋的人们。你的胆汁也许会沸腾的，只是不在这件事情上面。（出声）怎么样，诸位，我们先把神圣的义务抛开不谈，坐下来做庄好不好？

在他们谈话时，早饭在桌上摆好。

乌　好吧。假使不是大赌，为什么不来呢？

克　对于清白的娱乐我是永远不推辞的。

伊　此地旅店里有没有牌？

施　有的，尽管吩咐好了。

伊　拿牌来！（阿莱克谢意在牌桌旁张罗）诸位，先请用一点！（手指凉菜，并走近过去）鲟鱼好像不大那个，鱼子还马马虎虎。

施　（将一块菜送进口内）不，鲟鱼还那个。

克　（同样姿势）干酪很好。鱼子也不坏。

施　（向克）你记得两礼拜以前我们吃过多么好的干酪？

克　不，我一辈子也不会忘记我在彼得·阿历山大洛维奇·阿历山大洛夫那里吃过的干酪。

乌　干酪什么时候最好？它的好处就在吃了一餐饭以外再加上一顿，——它的真正的意义就在于此。它好像一位善心的军需官，说道："欢迎诸位，还有的是地方。"

伊　欢迎诸位，牌放在桌上了。

乌　（走近牌桌）真是老朋友，久违了！你瞧，施伏赫涅夫，这不是牌？有许多年……

伊　（向旁言）你算了吧，装什么腔！……

乌　您想做庄吗？

伊　不大的庄，五百卢布。请洗一洗，好不好？（分牌）

起始赌博。发出呼喊的声音。

施　4和爱司，——两样各押十个卢布。

乌　老哥，你把那副牌递给我，我要靠我们省城绅董长夫人的运道，选一张牌出来。

克　请加上9。

乌　施洛赫涅夫，把粉笔取来。我来记数。

施　见鬼，来了三倍！

乌　五个卢布的补注！

克　等一等，等我看一看，好像还有两个3在牌里。

乌　（从座位上跳起来，自言自语）见鬼，这里面有点不对劲。这显然是别人家的牌。

赌博起始了。

伊　（向克）请问您：两面都下吗？

克　两面。

伊　不加注吗？

克　不。

伊　（向施）您为什么不下注？

施　让我等下一副再下。（从椅上立起来，匆遽走近乌身旁，迅速说话）老兄，糟糕！他真会欺骗，真行，第一等的赌棍！

乌　（慌急）难道要放走八万吗？

施　既然没有法子取，也只好放弃。

乌　这还是问题呢。我们先来向他解释一下！

施　怎么？

乌　对他直说一切。

施　为什么？

乌　以后说出来。我们去。（两人走近伊哈寥夫身旁，拍他的两肩）

乌　您何必把子弹往空里射放！

伊　（抖栗）怎么?

乌　有什么可讲的，自己的人难道不知道自己的人吗?

伊　（客气）请问：这话是什么意思……

乌　简直不必再说什么话，再来什么客套。我们看到了您的艺术。我们是极懂道理的。所以我代表我的同伙人，对您提议缔结友善的联盟。我们如果把我们的知识和资本联合在一起，我们做出来的事情比分散开来还要顺利些。

伊　我应该了解您所说的话合理到什么程度? ……

乌　到这个程度；那就是用诚恳补偿诚恳。我们老实对您说，我们约好了使您输得精光，因为我们把您认作普通的人。但是现在我们看出您是熟悉最高妙的秘密的。您愿意接受我们的友谊吗?

伊　这种善意的提议是无从拒绝的。

乌　那么我们每人互相握手，（众人依次和伊哈寥夫握手）从此以后一切都是公共的；装假和客套应该放在一边！请问：您从什么时候开始研究这深奥的知识?

伊　老实说，我从最年轻的时候就有志于此道，学校里面，一面听教授的讲课，一面就在板凳下面和我的同学们赌钱。

乌　我也是这样猜想的。这样的艺术不从脆弱的少年时代开始实验是不能取得的。施伏赫涅夫，你记得那个不寻常的小孩吗?

伊　什么小孩?

乌　你说呀！

施　这类的事情我是永远不会忘记的。他的姐夫，（指乌铁士铁里涅意）安得烈·伊凡诺维奇·柏德金对我说："施伏赫涅夫，你要不要看一个奇迹？一个十一岁的男孩，伊凡·米哈洛维奇·库倍塞夫的儿子，那种偷牌的手段，哪一个赌徒都不及。你可以到切邱塞夫司基县里去看一看！"老实说，我立刻就到切邱塞夫司基县里去了。我打听到了伊凡·米哈洛维奇·库倍塞夫的村庄，一直到他家里去。我吩咐仆人通报。一位年事已高的人走出来。我自己介绍，说道："对不住！我听说上帝赏赐给您一位不寻常的儿子。"——他说："是的，我承认。"（他那种不带一切要挟和遁词的样子我很喜欢）他说："是的，固然父亲夸奖自己的儿子未免不合礼貌，但这实在多少是一个奇迹。米莎！"——他说，——"你到这儿来，把你的艺术献给客人看一看！"那个男孩，简直还是婴孩，够不到我的肩膀，他的眼睛里也没有什么特别的地方。他开始洗牌，——我简直慌乱了。这是无从描写的。

伊　难道一点也看不出来吗？

施　一点，一点痕迹也没有！我瞪住两只眼睛看的。

伊　这真是不可思议！

乌　异人，异人！

伊　我以为必要的知识是建筑在眼睛的尖锐上面，必须注意研究纹画……

乌　现在这是很容易的。现在纹画和记号不大用了。现在大家努力研究键符。

伊　那就是图画的键符吗？

乌　是的，后面的图画的键符。在一个城里，什么城我不愿意说出来，——有一个体面的人，除了做这种事情以外，别的什么也不做。他每年从莫斯科收到几百副纸牌，——谁寄去的，这是蒙在秘密里的。他的职务就在于弄清楚各种纸牌的纹画，而把键符送出去。例如说，在 2 上的图画是如何的！在这张牌上是如何如何的！他单单做这一件事情，每年可以收入五千现钱。

伊　　这是重要的事情。

乌　　也应该如此。这是经济学上所谓分工制。好比车匠一样：他不会由他一人自己做整个马车！他应该把一部分的工作交给铁匠和装饰匠去做。人类的生活不这样不成。

伊　　请问您一下：你们以先用什么方法把那副牌替上去，对仆人们行贿不是每次都办得到的。

阿弥陀佛！这个危险得很。有时这等于出卖自己。我们不是这样做法的。我们有一次这样做了。我们的一个伙计来到市集上，借用商人的名义，住在城里一家酒店里面。铺子还没有租妥，箱子和布包暂时放在房间里面。住在酒店里，花钱，吃喝，忽然失踪了，不知道到哪里去，还没有付清账目。老板在屋内搜寻了一下，看见有一包东西放在那里；一打开，——原来是一百打纸牌。自然立刻就把纸牌拍卖出去；比市价便宜一个卢布，商人们立刻抢着收买；四天以内全城的人都输得精光。

伊　　这是很巧妙的。

施　　还有那个地主呢？

伊　　那个地主怎么样？

乌　这件事情也做得不坏。不知道你认识不认识，有一个地主，名叫阿尔卡基·安得列维奇·德尔贡诺夫，是极富的人。他赌着一手好牌，非常的诚实，没有癖好：他自己监督一切的家务，他家里的仆人教育得像宫中的侍从，房屋和宫殿一般，村庄和花园全仿照英国的式样；一句话，是完全十足的俄国贵族；我们住在那里三天。怎么样下手呢？——简直是不可能。后来想出了方法，一个早晨有一辆驾三匹马的马车从院旁驶过。车上坐着一些年轻的人。大家喝得烂醉，高声唱歌，吵得满天响，照例遇到这类好看的玩意是整队的仆役全跑出来看的。大家张着嘴大笑。后来看见有一件东西从车上落下来；他们跑过去，一看是一只箱子。他们挥手喊："停车！停车！"没有人听见，车子飞驰在道上只留下了灰尘。——他们把箱子打开，一看：有内衣，一件衣裳，二百卢布和四十打的纸牌。自然他们不愿意拒绝收下金钱，纸牌就送到主人的桌上去。第二天晚上，所有的人们，连主人和客人都在里面，口袋里一个小钱也没有剩下，庄局就此了结。

伊　真巧妙！这种玩意人家叫做欺骗！还有各样相类似的名词，其实这是细巧的聪明，一种发展。

乌　这些人们不了解赌博的意义。赌博里是没有所谓偏袒的。即使我父亲坐下来同我赌，——我也要使父亲输得精光。最好是不坐下来！到了场上，大家都是平等的。

伊　他们不明白赌徒也可以成为极正直的人。我知道有一个人赌钱的时候喜好欺骗，做些不干净的勾当，但是他可以把身边最后的一个小钱舍给乞丐，同时他怎样也不会同意三个人串联着，使一个人输得精光。但是诸位，我们既然都公开出来，我来对你们展现一件奇怪的东西。你们知道不知道所谓复牌，或搀牌，这副牌每张我在离得远远的时候都能猜到的。

乌　　我知道，但这也许是别种样子的。

伊　　我可以对你们夸口，你们在哪里也找不出同样的东西。差不多费了半年的工夫。以后我有两个礼拜不能在阳光下面张望。医生怕我的眼睛发炎。（从木箱内取出）就是这副牌！你们不要生气，我曾给它起了一个名字，当人一般看待。

乌　　怎么？名字吗？

伊　　名字叫做：阿台拉意达·伊凡诺夫纳。

乌　　（笑）称呼这副牌阿台拉意达·伊凡诺夫纳。我甚至认为这是很巧妙的。

施　　妙极了：阿台拉意达·伊凡诺夫纳！很好！很好！

乌　　阿台拉意达·伊凡诺夫纳！居然是一个德国女人！喂，克鲁格里，这是你的妻子。

克　　我哪里是德国人？我的先祖是德国人，但是他连德国话也不会说。

乌　　（审视纸牌）这真是宝物。是的，一点痕迹也没有。无论什么牌你都能在无论什么距离之下猜到吗？

伊　　我可以立在离你们五步远的地方，喊出每张牌来。我可以掏出二千卢布来，若是有错误的话。

乌　　这是什么牌？

伊　　7。

乌　　对的。这张呢？

伊　J。

乌　见鬼，对的！这张呢？

伊　3。

乌　不可思议！

克　（耸肩）不可思议！

施　不可思议！

乌　让我再仔细看一下。（审视牌）奇怪的事情！值得给它起一个名字。但是您应该注意，这副牌是难以使上的。同完全没有经验的人们可以来一下，因为必须自己调换的。

伊　这只是在赌博到极热闹的时候可以用上的，那时候赌博已达到了使最有经验的赌徒都变得不安静。一个人只要有点张皇失措，什么事情都可以在他身上做到的。你们知道在最好的赌徒身上时常会发生所谓赌昏的情形。连上赌了两天两夜，不得睡觉，——那就会赌昏的。我在赌博的时候，永远会调换纸牌。这里的秘诀是逢到人家兴奋的时候，你应该保持冷静的态度。至于移去别人注意力的方法有一千多种。只要对随便哪一个赌客胡缠一下，说他记载得不对；众人的眼睛全投到他的身上，那时候就可以把牌调换了。

乌　我看您除去艺术以外还具有冷静的态度，——这是重要的事情。我们能够和您结交，现在对于我们意义更见重大了。我们不必尽讲礼貌，把一些多余的客套话抛开，好不好？

伊　早就应该这样。

乌　来人呀！取香槟酒来！纪念亲善的联盟！

伊　　这真是值得痛饮一番的。

施　　我们大家聚在这里，预备做一番事业，我们大家手里有的是武器，也有力量，只缺少一样……

伊　　是的，是的，只缺少可以使我们进攻的堡垒，这真是糟糕！

乌　　有什么办法？敌人暂时没有。（盯视施伏赫涅夫）什么？你的脸似乎想说你有敌人。

施　　是有的……

乌　　我知道你指的是谁。

伊　　（活泼起来）指谁，指谁？那是谁？

乌　　胡闹，胡闹！他想出些空虚的事情。你瞧，这里住着一个外面来的地主，名叫米哈意尔·阿历山大洛维奇·格洛夫。他决不肯赌博的，去提他做什么？我们已经在他身上忙了许多时候。我有一个月尽侍候他，和他发生了友谊，还取得了他的信任，但是一点也没有法子可想。

伊　　可以不可以同他见一面？也许，谁知道……

乌　　我预先说这是白费的劳力。

伊　　我们再试一试，再试一次。

施　　你至少把他领进来就是了！不成功！就是谈一谈，也没有什么。为什么不试一试呢？

乌　　这没有什么问题，我可以领他来的。

伊　　现在请你就领他来吧！

乌　　好的，好的！（下）

第九场

上场人物（除乌铁士铁里涅意）

伊　　真是谁知道呢？有时候事情看来是完全办不到的……

施　　我也是这个意见。因为我们所交结的不是神，而是人；人总还是人。今天不，明天不，后天不？第四天上你好生攻上去，他会说“是”的。有的时候他装出他不可侵犯的样子，但是仔细看一看，就看出你白白地惊慌了一阵子。

克　　但是这位可不是这样的。

伊　　唉，能成局才好呢！……你们无从置信，现在我的心里生出多少对于积极活动的渴望。你们应该知道，我在上月内从切帕达寥夫上校手里赢了八万。从那时候起，我有整整一个月没有生意。你们想象不到，这些日子我真感到沉闷，死一般的沉闷！

施　　我明白这情形。这就等于一位元帅，在没有仗可打的时候，应该有什么感觉？这简直就是连定的休息时间。我从我自己身上知道，这不是闹着玩的事。

伊　　你信不信，甚至只要有人下五个卢布的注，——我都准备坐下来赌一赌。

施　　自然喽。有时候极巧妙的赌徒竟会输钱的。他一发闷，没有工作可做，竟会在烦恼中撞到了一个所谓光蛋，——不明不白地倒输给他！

伊　这个格洛夫有钱吗？

克　有的是钱。好像有一千多灵魂。

伊　唉，见鬼，最好灌醉他，叫他们拿香槟酒上来，好不好？

施　他是滴酒不入的。

伊　这种人有什么办法？怎么样和他接近？但是我总想……赌牌是可以受诱惑的事情。我以为，假使他能坐到赌牌的人旁，以后他会忍不住的。

施　我们试一试看。我们同克鲁克里在这里赌极小的牌。但是不要对他显露多大的注意：老人都是疑心重的。（他们坐在一旁打牌）

第十场　上场人物，乌铁士铁里涅意与米哈意尔·阿历山大洛维奇·格洛夫（一个年迈的人）

乌　伊哈寥夫，我对你介绍，这位是米哈意尔·阿历山大洛维奇·格洛夫。

伊　老实说，我早就在寻觅这个结识的荣幸的机会。我们同住在一家旅店里……

格　我们的相识也使我感到十分愉快。可惜是这事发生在差不多我将动身以前……

伊　（递给他椅子）请坐！……你早就住在这城里吗？

乌铁士铁里涅意，施伏赫涅夫和克鲁克里三人喁语。

格　先生，这个城市真叫人住腻了。在身体和灵魂两方面都喜欢早日脱离这地方。

伊　是事情留住您吗？……

格　事情，事情！这些事情真累死人了。

伊　大概是打官司的事情吧？

格　不，幸而不是打官司，然而到底是极困难的事情。我快要嫁女儿，18 岁的姑娘。你明白不明白父亲的地位？我现在进城来置办各样东西，主要的是抵押田产。事情全都了结，然而公护局[①]至今没有发出款子来。完全白白地住在这里。

伊　请问，您的田产押了多少钱？

格　二十万。前几天就应该发下来的，但是竟延搁起来。我在这里住得真厌烦死了！本来想短期离开家庭。女儿已经做了新娘。一切事情都在等候着……我决定不能再等，只好抛弃一切。

伊　那么连钱也不想再等候了吗？

格　有什么法子，先生？您仔细审查一下我的地位：我已有一个月未与妻子和孩子们相见，信也没有接到；不知道那边情形如何？我吩咐小儿留在这里，把一切事情委托他去办，我真是麻烦得腻死了。（向施伏赫涅夫与克鲁格里）诸位，你们在这里做什么事情？我好像妨碍你们，你们刚才在那里做什么事情？

克　无聊的事情。这不过是因为无事可做，想着耍两下罢了。

---

① 俄国当时一种办事机构，经办慈善事务，也经办货币存贷业务。——译者注

格　似乎好像押庄呢！

施　什么押庄！为了消遣时光起见，做小注的押庄。

格　诸位，请你们听我老头子一句话，你们全是年轻的。自然这里没有什么坏的地方，多半是为了消遣起见，小注的赌博本来不会输去许多钱，这一切是对的；但是有点不那个……诸位，我自己也赌过钱！有点经验。世上的一切开始的时候总是极小极小的一件事，但是一转眼间，小数的赌博恰巧会弄成极大的输赢。

施　（向伊哈寥夫）老头子又唠叨出那一套话来了。（向格洛夫）您瞧，您立刻会把一切无聊的玩意按上一个重要的结果，——这是老人们普通的脾气。

格　但是我还不是很老的人。我从我的经验加以判断。

施　我说的不是您，但是一般的老人都有这一套的：例如呢，他们在什么东西上受了烫痛，他们将深信别人一定也会在这上画烫痛的。假使他们在一条路上走着，一不小心在霜冰上摔了一跤，——他们就喊嚷起来，定出一条章程，就是在某条路上任何人都不能走路，因为在这条路上的一个地方有些霜冰，每个人一定要跌破额角的。怎么也不肯注意到别人也许不至于这样大意，他们的靴底不见得也是那样的滑。不，他们是不想到这层的。狗在街上咬了人，——所有的狗全会咬人的，因此谁也不应该上街去。

格　是的，先生。在一方面真有这种情形的。但是那些青年人也是可以的！他们跑得太快，一转眼就会摔断颈骨的！

施　我们总归没有中庸之道。年轻的时候尽发疯，使别人受不了，一老就装做伪君子，还是别人受不了。

格　您对于老人怀着不好的意见。

施　什么叫做不好的意见？这是实话，别的没有什么。

伊　容我说一句，你的意见太激烈……

乌　关于赌博一层，我和米哈意尔·阿历山大洛维奇完全同意。我自己也赌，赌得很厉害，但是感谢命运，已经永远抛手，——并不是因为输了钱，或是和命运作对；您信不信，这还不要紧，输钱并不重要，而重要的是心灵上的安宁。无论是谁，单单在赌博时感到的那种慌乱，显然可以缩短我们的生命。

格　实在是的，先生！您的见解真聪明！容我对您提出一个不客气的问题：你我已经相识了许多时候，而至今……

乌　什么问题？

格　虽然这是难以启齿的论调，但是请问你：您贵庚呀？

乌　39 岁。

格　你们想一想！只有 39 岁吗？还是一个青年人。我们俄国，假使能多些这样怀着聪明见解的人，那才好呢！老天爷，那才好呢！简直到了黄金时代，仙界。真是的，我真是感谢命运，我能和您相识。

伊　您信不信．我也赞成这意见。小孩们我是不许他们玩牌的。但是有理智的人们为什么不消遣消遣，为什么不寻寻开心呢？例如说，一些年高望重的老人，已经不能跳舞的老人？

格　对是对的。但是您信不信，我们的一生有许多快乐，许多所谓神圣的责任。诸位，请你们听我老人一句话！家庭生活，家庭团聚，是人生最具有意义的事。这包含着你们的一切，这一切全是真实，真的全是真实；至于直接的幸福你们是尝不到的。以我来说吧，你们信不信，我的想见家人的心，真是一分钟也不能等候，真是的！我设想一下：女儿挂在颈上："我的爸爸，亲爱的爸爸！"儿子也从中学回家……有半年不见面……简直没有话可以形容，真是这样。人到了这种地步是不想看一看牌的了。

伊　但是何必把家人父子的感情和赌牌相混？慈爱的情感是一件事情，赌牌是另一件事情……

阿莱克谢意　（人场后向格）您的底下人请示，皮箱要不要抬出去？马车已经预备好了。

格　我立刻就来！对不住，诸位，我要离开你们一分钟。（下）

第十一场　施伏赫涅夫，伊哈寥夫，克鲁格里，乌铁士铁里涅意

伊　一点希望也没有！

乌　我以前就说过了。我不明白您怎么看不出人来。只要看一眼！就可以知道，他是没有赌博的心思的。

伊　最好大家都好生攻上去。为什么你又附和他的话？

乌　老兄，不这样是不成的。对付这类人应该用细腻的功

夫，否则他会猜到人家想暗算他。

伊　结果怎么样呢？还是要走，——一样的。

乌　等一等，事情还没有完结呢。

第十二场　上场人物与格洛夫

格　诸位，多谢你们给我愉快的友谊。我单是觉得可惜，立刻要和你们分手。然而也许以后有机会可以再在什么地方见面。

施　大概是的。道路踏得平平的，人推来推去，怎么不会撞见呢？只要机会凑巧。

格　真是的，这话是实在的！只要机会凑巧，明天就能相见，——这话是完全实在的。再见吧，诸位！多谢你们！我真感谢您，司铁彭·伊凡诺维奇，真感谢您，您解去我不少的寂寞。

乌　不要客气。我能效劳的，已经效劳过了。

格　既然您有这样的好意，还请您再帮一下忙！可以不可以请求您？

乌　帮什么忙？说吧！随便什么，我都准备做的。

格　好叫我做父亲的老人安心！

乌　什么事？

格　我把萨莎留在这里。一个美丽的小伙子，善良的灵魂。但是到底靠不住：只有22岁。这种岁数算得了什么？差不多还是小孩。……学校毕业了以后，什么事情也不想，尽想做骠骑兵。我对他说："萨沙，还早，你等一等，先看一看！你为什么要当骠骑兵？谁知道，也许你有当文官的倾向。你还没有看见世面；你有的是时间！"……你知道，年轻人的天性如此。他觉得骠骑兵身上一切都是雪亮的，镶金的边，阔绰的制服。您对他有什么法子可想！嗜好是无从加以压制的。……所以请您多多做好事，司铁彭·伊凡诺维奇！他现在只剩了一个人；我委托他做一点事情。青年人是什么事情都会发生的。为的是使公护局的人员不要哄骗他……难免出什么事……所以请您保护他，监督他的行动，阻止他做坏事。费心得很，先生！（拉他的两手）

乌　好吧，好吧。凡是父亲对于他的儿子应该做的一切，我全可以对他做的。

格　好极了！（相抱接吻）一个人的心肠好是一眼可见的，真是的！上帝会赐恩到您身上的！再见吧，诸位，我从心腑里盼望你们幸福地留在这里。

伊　再见吧，一路平安！

施　希望你府上都平安！

格　多谢你们，诸位！

乌　我送您到马车那里，看您坐上去！

格　先生，您太费心了！（两人下）

第十三场　施伏赫涅夫，克鲁格里，伊哈寥夫

伊　　小鸟儿飞走了！

施　　是的，否则可以赚他一票。

伊　　说实话，当他说到二十万的时候，——我的心竟抖索了。

克　　这种数目，在心里想一想也是甜蜜的。

伊　　只要想一想，这许多钱白白地丢失，完全没有一点益处！他手里有了这二十万做什么用？就会随便用去，买些乱七八糟的衣裳。

施　　全是些不值钱的破烂东西。

伊　　世界上有多少钱就这样没有流通，随便的损失！有多少死资本就像死人一般，放在典当里面！真是可惜得很。我只要有像在公护局里存放的那点钱就够了。

施　　有一半我就满足了。

克　　有四分之一我也可以满意的。

施　　不要撒谎，德国人，你会希望多得些。

克　　我是诚实的人……

施　　你会骗人的。

第十四场　上场人物

与乌铁士铁里涅意（匆上，脸色喜悦）

乌　　不要紧，不要紧，诸位！他走了，鬼，更好，只剩下了一个儿子。父亲留给他一张委任证书，委托他向公护局领款，管理一切未了的事务。他的儿子是一个好汉，尽想加入骠骑队。这是一个捞钱的机会！我立刻就去把他领来。（跑下）

第十五场　施伏赫涅夫，克鲁格里，伊哈寥夫

伊　　这人真能使人安慰?

施　　好极了！事情取得了极妙的转变！

大家喜极搓手。

伊　　乌铁士铁里涅意真是好汉！现在我明白他为什么钻到父亲身旁，和他敷衍。这真是巧妙，这真是精细！

施　　他具有不寻常的天才！

克　　不可思议的才能！

伊　　老实说，父亲一说他要把儿子留在这里，我的脑筋里就闪出一个念头，只是一刹那的工夫，而他立刻就……真是聪明！

施　　你还没有深知道他呢。

第十六场　上场人物，乌铁士铁里涅意，格洛夫，阿历山大·米哈洛维奇（年轻人）

乌　　诸位！我介绍一下：阿历山大·米哈洛维奇·格洛夫，极好的朋友！请爱他，和爱我一般。

施　　很喜欢……（和他握手）

伊　　和您结识是我们的……

克　　我们很愿意和您结成好友。

格　　诸位！我……

乌　　不要来客套，不要来客套。平等是最要紧的事情，诸位！格洛夫，你瞧，这里全是好朋友，所以把一切礼节全抛开！改用“你”的称呼！

施　　改用“你”的称呼！

格　　改用“你！”（和大家握手）

乌　　是的！妙极了！来人呀！取香槟酒来！诸位，你们看，他现在就已经看得出骠骑兵的样子来了！你的父亲，不是我说一句不好听的话，真是大畜生，对不住，——我们彼此已经用“你”做称呼了，——这样的好汉怎么竟断送在文墨的工作上面？老弟，令姊的喜期快了吗？

格　她的喜事真是麻烦极了。我的父亲为了她竟把我在乡下扣了三个月，真是可恨。

乌　喂，你的姊姊好看吗？

格　真好看……如果她不是我的姐姐，我决不放过她的。

乌　妙极，妙极，骠骑兵！立刻看出骠骑兵的样子来了！假使我想把她私自带走，你能帮我的忙吗？

格　为什么不能？可以帮忙的。

乌　妙极了，骠骑兵！这才叫做真正的骠骑兵！来人呀！取香槟酒来！这很合我的胃口，我最爱这类坦白的人。等一等，让我抱你一下！

施　让我也抱你一下。（抱他）

伊　让我也来抱他。（抱）

克　既是这样，我也要抱。（抱）

阿莱克谢意取酒瓶上，手指扶住软塞。软塞拍的一响，飞到天花板上面。他斟酒。

乌　诸位，祝未来的骠骑军官幸福！愿他成为第一个勇士，第一个浪子，第一个酒鬼，第一个……总而言之，他想做什么，就是什么！

众人　他想做什么，就是什么！（饮酒）

格　祝骠骑营全体健康！（举杯）

众人　祝骠骑营全体健康！（饮酒）

乌　诸位！现在应该使他明白骠骑营里的一切习惯。看起来他还能勉强喝几杯；然而这是小事，他必须成为强有力的赌徒！你会赌庄吗？

格　会的，真想赌，就是没有钱。

乌　没有钱是不相干的！只要坐下来，带一点钱，就会有钱，立刻赢的。

格　但是坐下来，就没有钱。

乌　我们可以赊账的。你身边有一张向公护局领款的委任证书。我们可以等一等；只要你一领到，就可以付给我们，你先给我们一张借据。但是我说的是什么话？好像你一定会输的！你也许会赢好几千现钱。

格　输了怎么办呢？

乌　可羞，可羞！这样子，你还成为什么骠骑兵？自然，两样中间总有一样的，不是赢，便是输。本来事情就是这样的，主要的意义就在于冒险。不冒险的事是谁都能做的；就是仆人也会生出勇气，犹太人也会爬到炮垒上去的。

格　（摇手）管它吧！既是如此，我就来赌一下！我尽顾着父亲做什么！

乌　妙极了，骠骑兵！来人呀！拿纸牌来！（给他斟酒）主要的是需要什么？——需要勇气，突击，力量……就这么办，我来做二万五千的小庄。（向左右分牌）骠骑兵……施伏赫涅夫，你押什么？（分牌）牌势奇怪得很！数起点子来真有趣！Jack 被吃了，9 倒赢了。你是什么？4 也输了！骠骑兵，骠骑兵怎么样呢？伊哈寥夫，你瞧他把注儿抬高得多么熟练？爱司还没有出来。施伏赫涅夫，你为什么不给他斟酒？来了，来了，爱司来了！被克鲁格里抢去了。德国人好运道！4 赢了，3 也赢了。妙极了，妙极了，骠骑兵！你看见没有，施伏赫涅夫？骠骑兵已经赢了差不多五千。

格　（折弯纸牌）鬼！来三倍！那边的9还在桌上，来呀，押五百卢布的补注！

乌　（继续分牌）骠骑兵真是好汉！7被吃去……不行！来呀！来呀！好，骠骑兵输了。老弟，那有什么办法？不会每战必胜的！克鲁格里，你不必尽算账！就押上那个数目。妙极了，骠骑兵又赢了！你们为什么不向他道贺？（大家饮酒，和他碰杯道贺）人家说铲形的皇后永远出卖人家的，我可不这样说……施伏赫涅夫，你记得不记得那个黑发的女人，你称呼她铲形皇后的？现在她在哪里？一定受罪了吧！克鲁格里，你的牌被吃了！（向伊）你的牌也输了！施伏赫涅夫，你的牌也输了，骠骑兵也完了！

格　鬼，来一个孤注！

乌　妙极了，骠骑兵！真正的骠骑兵的脾气发作出来了！施伏赫涅夫，你知道不知道，真正的情感永远会向外发泄的？以前可以看得出来，他将成为骠骑兵，现在看出他已经是骠骑兵了。本性就是这样的……骠骑兵又输了。

格　孤注！

乌　骠骑兵真妙极了！五万的孤注！这真叫做宽宏大量，你去找一找，——从哪里找得到这种性格？……这真是伟大的功劳！骠骑兵又完了。

格　再来孤注，再来孤注！

乌　你这个骠骑兵！十万的孤注！瞧这人！瞧他的眼睛，那小眼睛！你看，施伏赫涅夫，他的眼睛像火烧一般。看出来是英雄的气概！皇上还是没有。红菱形的皇后给你拿去，施伏赫涅夫！德国人，你拿去，把这 7 吞吃下去！一张根本必胜的牌！一张点子不多的牌！这副牌里显然没有皇上，真奇怪得很。啊！他来了，他来了……骠骑兵又完蛋了！

格　（兴奋）再来孤注，再来孤注！

乌　不行，老弟，等一等！你已经输了二十万。你应该先付钱，不付钱是不能赌下去的。我们不能相信你到这样程度的。

格　我的钱在哪儿？我现在没有钱。

乌　出一张借据，签一个字。

格　好吧，我遵办。（取钢笔）

乌　把领款的委任证书也交给我们。

格　委任证书拿去吧。

乌　现在请你签字，这样签。（迫他签字）

格　好吧，我准备履行 切。我现在签好了。让我们再来赌！

乌　不行，老弟，等一等，先把钱拿出来看一看！

格　我会给你们钱的，你们放心好了。

乌　不行，老弟，钱放在桌上！

格　这是什么？……这简直是卑鄙的行为。

克　不，这不是卑鄙的行为。

伊　不，这完全是另一件事；机会不会平等的。

施　你显然是想坐下来就赢我们。这件事情很明显：谁坐下来不带钱，是坐下来就预备一定赢的。

格　那有什么？你们是什么意思？你们尽管要多少利息，我都遵办。我可以加倍还你们。

乌　要你的利息做什么用？我们自己准备付出随便多少利

息，只要有人肯借给我们。

格　　（绝望和坚决的精神）那么你们说句最后的话：你们不打算赌下去吗？

施　　钱拿来，立刻就赌。

格　　（从口袋内掏出手枪）再见吧，诸位！你们不能再和我在这世界上相见了。（持枪跑下）

乌　　（惊惧）你！你！你怎么啦？发疯了吗？跑去追他！不要真的自杀了！（跑下）

第十七场　施伏赫涅夫，克鲁格里，伊哈寥夫

伊　　假使这小鬼真想自杀，会出乱子的。

施　　见鬼，让他自杀去好了。但是现在不能死，钱还不在我们的手里。真是糟糕！

克　　我真怕。这是会发生的……

第十八场　上场人物，乌铁士铁里涅意与格洛夫

乌　　（抓住格洛夫持手枪的手）你怎么啦？你怎么啦？老

弟，你发疯了吗？你们听着，你们听着，诸位，他已经想把手枪放进嘴里去了。真可羞！

众　人　（围住他）你怎么啦！你怎么啦！

施　还算是一个聪明人，为了一点不相干的事情竟想自杀！

伊　这样子整个俄罗斯都应该自杀：每个人不是输钱，便是准备输钱。假使不输钱，怎么样会赢钱？你自己想一想就好了。

乌　你简直是傻子，我应该对你说。你看不见自己的幸福。难道你不感到你输的就是赢吗？

格　（愤怒）你们果真把我当做傻子吗？输了二十万，还算是赢钱，真是见鬼！

乌　你这普通的头脑！你知道你这样可以在营里造成多大的名誉！你这没有用的人！你还没有做陆军士官生，就已经输去了二十万！那些骠骑兵会把你端在手里的。

格　（鼓动精神）你们以为怎么样？现在事情已经弄到这个地步，难道我还没有——不顾一切的勇气吗？骠骑营万岁！

乌　妙极了！骠骑营万岁！见鬼！取香槟酒来！（取酒进）

格　（持杯在手）骠骑兵万岁！

伊　骠骑兵万岁！

施　见鬼！骠骑兵万岁！

格　既然这样，只好不顾一切了！……（将酒杯放桌上）倒霉的是怎么回家去呢？父亲，父亲！……（捧自己的头发）

乌　　你为什么还要回到父亲那里去？用不着！

格　　（瞪眼）怎么？

乌　　你从这里一直到营里去！我们可以给你做制服。施伏赫涅夫，现在应该给他二百卢布，让这陆军士官生出去游玩一下！我已经看到他有一个女人……黑黑的脸庞，对不对？

格　　我要一直跑到她的面前，用突击的方法向她进攻！

乌　　骠骑兵真行！施伏赫涅夫，你有没有二百卢布？

伊　　让我来给他，让他痛痛快快地玩一个够！

格　　（取了钞票，在空中挥摇）香槟酒吗？

众　人　香槟酒！（取酒瓶入）

格　　骠骑营万岁！

乌　　万岁！……施伏赫涅夫，你瞧怎么样？我想到了一个念头！我们把他举起来摇一下，像军营里那样的摇法！嗯，攻上去，把他抓住！

众人围住他，抓他的手脚，用特种的乐调，唱出特种的歌：

我们出自心腑地爱你，
愿你永远做我们的长官！
你燃烧了我们的心，
我们待你如父亲！

格　　（举杯在手）万岁！

众　人　万岁！（把他放在地上。格洛夫把酒杯往地板上一扔，大家全砸破自己的酒杯，有朝靴跟上扔的，有朝地板上扔的。）

格　　一直到她面前去！

乌　　我们不能跟你去吗?

格　　不，谁也不能！只要有人去……就用剑来解决！

乌　　真是勇士！好吃醋，喜欢惹气，像一个魔鬼。诸位，我以为他会变成一个勇于私斗的人。再见吧，再见吧。骠骑兵！我们不留你。

格　　再见吧。

施　　你以后回来对我们讲一讲。

格洛夫下。

第十九场

上场人物（格洛夫不在内）

乌　　钱还没有到我们手里，必须暂时对他客气一点；到以后再把他撇开。

施　　我只怕一件事情，就怕公护局里的款项耽搁许多日子才发下来。

乌　　这就坏了。但是……你知道，可以找人去催。无论你怎么巧妙，总归免不了要塞给这人一点，塞给那人一点，为了保持秩序。

第二十场　上场人物与官员扎莫赫雷士金（探头进门，穿着带点破旧的礼服）

扎　　请问一声：这里有没有格洛夫这个人，阿历山大·米哈诺维奇？

施　　没有，他刚才出门了。您有什么贵干？

扎　　关于他领款子的事情。

乌　　您是谁？

扎　　我是公护局里的官员。

乌　　请进来！请坐，请坐！对于这件事我们大家都有关系，因为我们和阿历山大·米哈诺维奇订立了一种亲善的契约。因此您可以明白，从他那里，从他那里，从他那里，（手指一一指着大家）都会取得极诚恳的感谢。我们想赶快从公护局里领到款子，越快越好。

扎　　随便怎么说，在两星期以前怎么也办不到。

乌　　这太长远了。您忘记了从我们方面有答谢的……

扎　　这是自然而然的。这一切都可以领受。这怎么能忘记呢？我所以说需要“两个星期”，否则也许三个月也会拖下去的。过一个半礼拜款子才能下来，现在我们的库里一个小钱也没有。上礼拜收到了十五万，全都发完了，——有三位地主等候着，还是在二月里押的田产。

乌　这是对于别人而言，至于对于我们有交情的……我们做朋友必须接近些……怎么样？……我们是自己人！您贵姓？什么？是芬台佛莱意·潘尔彭奇慈吗？

扎　波骚意·司达喜奇。

乌　差不多一样。您听着，波骚意·司达喜奇！我们要像老朋友一样。您好吗？公事忙吗？顺手吗？

扎　公事算什么？反正当差就是啦。

乌　关于公务上的各种进项……简单地说，多不多？

扎　那自然，您自己想一想，我们靠什么生活？

乌　公开地说：你们公护局的人们是不是全收贿赂的？

扎　瞧！我瞧，您在那里取笑呢！唉！你们这些先生们呀！……还有那些著作家也尽取笑愿受贿赂的人们；但是仔细看一看，比我们高的位置的人们也收贿赂。诸位，就拿你们来说吧，你们单只想出了一些好听的名称，各色各样的捐款，或是乱七八糟的玩意；事实上还是一样的贿赂，一样的货色，不过换一个名称罢了。

乌　我看波骚意·司达喜奇生气了。这是撞到他的名誉上来了！

扎　您自己知道，名誉是微妙的事情。用不着生什么气。我已经经历到一切的事情。

乌　得了吧，我们来讲交情话，波骚意·司达喜奇！您怎么样？您好吗？府上好不好？有没有太太、小孩？

扎　靠上帝的保佑。有两个儿子已经在县城小学里读书，还有两个小的。一个穿着小衬衫跑路，另一个在地上爬。

乌　但是小手也已经会这样了吗？（以手做取钱状）

扎　你们真是的，诸位！你们又开始了。

乌　不要紧，不要紧，波骚意·司达喜奇！这是讲交情。这有什么关系？是自己人！喂，给波骚意·司达喜奇一只香槟酒杯！快些！我们现在应该是好朋友。我们也要到你府上去做客。

扎　（接杯）欢迎，欢迎，诸位！说老实话，你们在这里喝到的茶叶，在总督府上也找不到的。

乌　是不是商人送的？

扎　商人送的，从恰克图寄来的。

乌　那是怎么回事，波骚意·司达喜奇？您和商人并没有来往呀。

扎　（饮酒，两手支膝上）是这样的：商人是为了自己愚蠢的原因付出了许多钱。有一位地主，名叫佛拉卡骚夫，典押他的田产；一切手续都已办妥，明天就可以领款。他和一个商人计划合伙开工厂。他这钱领来开工厂，或是做什么别的用处，同谁合伙，这于我们有什么关系？这不是我们应该知道的事。但是这商人由于愚蠢的原因，在城里说出同他合伙人，急于等他的钱用。我们这才派人去对他说，让他拿出两千来，便立刻拨款，否则只好再等候下去！汽锅和各种家具都已运到工厂上去，只等候一笔定金。商人一看，鞭子打不到斧背，只好付了两千，再每人送了三磅茶叶。人家说是贿赂，其实还是自己傻的缘故；谁也没有逼迫他，不能把嘴闭得紧些吗？

乌　波骚意·司达喜奇，关于这件事情请您想一想法子。

我们也要给您钱，您同上司好生谈一谈。总是请你快些才好。

扎　我去竭力想法。（立起身来）不过说老实话，像你们心里所想的那样快是不行的！上帝为证，库里一个钱也没有。我要竭力想法子。

乌　怎么样找您?

扎　您就找：波骚意·司达喜奇·扎莫赫雷士金是了。再见吧，诸位！（走向门前）

施　波骚意·司达喜奇，波骚意·司达喜奇！（回顾）请您帮忙！

乌　波骚意·司达喜奇，波骚意·司达喜奇！请您赶快帮忙！

扎　（下）已经说过：我要竭力想法子的。

乌　要命！这样长久！(手叩额角)不行,我要追出去找他,也许做得到,不能惜小钱。真要命！我给他三千。(跑下)

第二十一场　施伏赫涅夫，克鲁格里与伊哈寥夫

伊　自然最好能快点领到。

施　我们真是需要钱！我们真是需要钱！

克　他能和他疏通一下才好呢！

伊　怎么样，难道你们有事情……

第二十二场　上场人物与乌铁士铁里涅意

乌　（带着绝望的态度入场）真糟糕！四天以内没有法子想。我的额角简直想往墙上撞去。

伊　你为什么性急，四天都不能等吗？

施　老兄，就是因为现在是我们的紧要关头。

乌　等！你知道不知道人家在下新城等候我们？我们还没有对你说，我们在四天以前就接到一个信息，叫我们无论如何先弄点钱，赶快前去。有一个商人运来了六十万的生铁。礼拜三订立契约，便可取到现钱；昨天还有一个商人运来了五十万的麻。

伊　怎么样呢？

乌　有什么怎么样？老人们全留在家里，却派了儿子们出来做生意。

伊　难道儿子们一定会赌钱的吗？

乌　你住在哪里？你住在中国吗？你不知道商人的儿子们是什么？商人怎样教育他的儿子？——不是什么也不知道，便是知道些贵族们有用，而于商人无用的东西。他们那副样子真好看：和军官们搀手同行，到处闹酒。——他们是对于我们最有利的人。他们这些傻子不知道他们从我们手里骗来每一个卢布，便会付出几千卢布给我们的。商人尽想把女儿嫁给将军，给儿子加上爵位，这是我们的幸福。

伊　是不是十分靠得牢稳的?

乌　怎么不牢稳！否则也不会通知我们的。一切都在我们的手掌之中；现在每一分钟都是宝贵的。

伊　真是的！我们坐在这里做什么？诸位，我们已经订了合作的条件！

乌　这于我们大家都有利益的。等着，我想到了一个念头。你暂时并不忙着到那儿去。你有八万块钱。你把它给我们，我们把格洛夫的借据给你。你可以取到牢牢靠靠的十五万块钱，那就是双倍，而我们也感谢你，因为我们现在十分需用现款，我们甘愿出大利息借钱。

伊　可以,可以。为了对你们证明彼此同伙的情感起见……（走到小木箱旁，取出钞票一叠）这里是八万块钱。

乌　这借据你拿去！现在我立刻就跑去找格洛夫，应该找他来办一办一切形式上的手续。克鲁

格　里，你把钱送到我的房间里去，这里是我的箱子上的钥匙。(克下)应该布置一下，预备晚上就可以动身！（下）

伊　自然喽，自然喽！一分钟也不能再丧失了。

施　我劝你也不要在这里留得太长远。你等钱一领到就到我们这里来。有了二十万，你知道可以做多少事情?简直可以把整个市集都弄翻转来……哎哟，我忘记对克鲁格里说一句极要紧的话。你等一等，我立刻就回来。（匆下）

第二十三场

伊哈麥夫（一人）

伊　这局面变到这种地步！早晨只有八万，晚上已取到二十万。对于有些人，这是一辈子的服务和劳力，永远枯坐，受尽饥寒和丧失健康的代价。我只要几点钟，几分钟就成为有势力的王子！二十万块钱是开玩笑的吗？从哪里去找来二十万？哪一宗田产，哪一爿工厂可以赚到二十万？假使我坐在村庄里，同些村头和乡下人鬼混，每年收三千的进项，那算是什么呢？学问是空虚的东西吗？在乡下取得了那些粗野的习惯，以后是刀子也刮不去的。而且丧失了多少时间？同一些村头和农人搭谈……我是愿意和有学问的人交谈的！现在我得了保障，现在我的时间是自由的。我可以做和学问并行的事情。想到彼得堡，就到彼得堡去。进戏院，参观造币厂，走过宫殿旁面，在英吉利河岸路上，在花园里散步。我还要到莫斯科去，到耶鲁饭店去吃饭。可以穿京城里的时髦服装，同别人并起并坐，实行文明人的责任。这一切的原因何在？应该归功于什么事情？——就应该归功于所谓欺诈行为。胡说，这并不是欺诈行为！骗子可以在一分钟以内做成，但是这里是经验和研究的结果。即使说是欺诈行为，但这是必须的事情：没有它是不行的。

这多少还是一种预防。譬如，我如果不知道内中精细的花样，不了解一切的玩意，人家会来骗我的。刚才他们想骗我，一看和他们交结的不是普通的人，便自己跑来请求我的帮忙。聪明是极伟大的东西。世界上用得着精细的花样。我用完全另一种眼光，观察人生。像傻子们地活一辈子，那真是不对劲；但是带着精细的眼光和手段，骗人家和不受人家的骗——那才是真正的人生的任务和目的！

第二十四场　伊哈寥夫与格洛夫（匆忙跑上）

格　他们哪里去了？我刚才到他们屋子里去，里面是空的。

伊　他们刚刚还在这里；走出去了一分钟。

格　怎么？已经出去了吗？取了你的钱吗？

伊　是的，我同他们弄清楚了，现在问你要钱。

第二十五场　上场人物与阿莱克谢意

阿　（向格洛夫）您是不是问那些先生们到哪里去了？

格　是的。

阿　他们已经走了。

格　怎么走啦?

阿　是的。他们的车子已经等了半点钟，马也套好了。

格　（握手）我们两人都被骗了！

伊　胡说！我一句话也不明白。乌铁士铁里涅意立刻就要回来。你知道你现在应该把全部借款偿还给我。他们都转给我了。

格　什么借款？你从哪里去取借款！你还没有感到你受了欺骗吗?

伊　你怎么尽说些不相干的话？你至今脑筋里还醉得糊里糊涂的。

格　显然我们两人都醉着。你醒一醒吧！你以为我是格洛夫吗？我是格洛夫，你便是中国皇帝！

伊　（不安）你怎么尽胡说。你的父亲……

格　那个老头子吗？第一样，他不是我的父亲，做他的儿子才倒霉呢！第二样，他并不是格洛夫，却是克雷尼静。他的名字也不叫米哈意尔·阿历山大洛维奇，却叫伊凡·克里梅奇，和他们同党的。

伊　你听着！你说正经话！这不是开玩笑的。

格　什么玩笑，我自己也参加在里面，而且受了愚弄。他们答应酬劳我三千卢布。

伊　（走近他身旁，性急的样子）喂，不要开玩笑，我对你说！你以为我是傻子吗！……有委任证书，又有公护局的人……刚才有一位官员来过，波骚意·司达喜奇·扎赫莫雷士金。你以为我不能现在就去请他来吗?

格　他并不是什么公护局的官员，却是退职的步兵二等上尉，他们的同伙；他也不姓扎赫莫雷士金，却姓摩尔扎芬金，名字也不叫波骚意·司达喜奇，却叫佛哈·谢米诺维奇。

伊　（绝望）你是谁?你是鬼吗?你说：你是谁?

格　我是谁?我是正经的人，迫不得已做了骗子。他们使我输得精光，连一件衬衫也没有留下。我有什么办法?不能饿死呀！为了三千卢布，我答应参加在里面骗你。我老实对你说出来，你瞧，我的举动是极正直的。

伊　（疯狂地抓他的领子）你是骗子！

阿　（向旁言）这事情弄到了打架的地步。必须趁早走开。（下）

伊　（拉他）走，走！

格　哪儿去?哪儿去?

伊　（狂怒）哪儿去?到法庭去！到法庭去！

格　得了吧。你没有一点权利。

伊　怎么?我没有权利?偷人家的钱……青天白日……用欺诈的手段！我没有权利吗?用欺骗的方法弄钱！我没有权利吗?你到了监狱里，充军到了尼古楚再对我说我没有权利。等一等——把你们的欺诈的党羽全都捉起来！你们要知道骗取善心的人们的信仰和诚心将有什么结局?法律！我要诉诸法律！（拉他）

格　你可以依法起诉，但是必须你自己也不做违法的行动。你记住：你是同他们联串在一起，预备骗我，并且把我输得精光的。那些牌都是你自己制造出来的。老兄，弄来弄去，你没有任何起诉的权利。

伊　（绝望地用手击额）见鬼，果真是这样的！（疲乏得倒坐椅上。格洛夫跑下）真是魔鬼一般的欺骗！

格　（从门外窥视）你自己安慰一下吧！你还只有一半的倒霉，你还有阿台拉意达·伊凡诺夫纳！（隐下）

伊　（疯狂的怒气）阿台拉意达·伊凡诺夫纳，滚你的蛋！（抓起题名"阿台拉意达·伊凡诺夫纳"的一副牌，扔到门前，皇后和3飞散地上）世界上真有这类骗子，给人类显丑！我真是发疯，——这一切演得这般巧，这般细！有父亲，有儿子，还有官员扎莫赫雷士金！而且一切漏缝都塞住了！我甚至起诉都不能！（从椅上跃起，惊慌地在屋内踱走）以后你再去施狡猾手段吧。使用你的细巧的聪明吧！想法子，要手段！……见鬼，犯不上正正经经的努力和劳动！就在你的身旁会钻进一个骗子，把你骗糊涂了！这个骗子一下子把工作了几年的建筑物全推倒了！（恼怒地挥手）见鬼！这真是骗子的世界！会走运的只有那些像木头一样的傻子，他们一点也不懂，一点也不思想，一点也不做事，只用些旧牌耍"波士顿"牌，赌一两分钱的输赢！

官员的早晨

一

书斋；数书橱；桌上纸张随意抛放。官员伊凡·彼得洛维奇披着晨服，一面伸展身体，一面出场。他按铃叫人。前室内发出语声：“来啦！”伊凡·彼得洛维奇第二次按铃，——又是同样的语声：“来啦！”伊凡·彼得洛维奇不耐烦地第三次按铃：仆人入。

伊　你怎么啦？聋了吗？

仆　没有。

伊　我按了三次的铃，你为什么不来？

仆　我在那里刷靴子，——我不能把事情扔下的。叫我怎么办呢？

伊　伊凡做什么事？

仆　伊凡扫好了屋子，然后到马厩里去了。

伊　拿小狗来！（仆取小狗上）竹竹司卡！竹竹司卡！竹竹司卡！我给你缚一张纸。（在他尾巴上缚纸）

另一仆人跑入。

仆　阿历山大·伊凡诺维奇来了！

伊　请吧！（连忙扔开小狗，把法令全书翻转来）

二

伊凡·彼得洛维奇与阿历山大·伊凡诺维奇（也是官员）

阿　早晨好，伊凡·彼得洛维奇！

伊　您的健康好吗，阿历山大·伊凡诺维奇？

阿　多谢。我不妨碍您吗？

伊　不会的！我是永远忙着的。您几点钟回家来的？

阿　六点钟。我从军官街转弯的时候，车子走近巡警的岗位，问道："你没有听见，打了几点钟？"他说："已经打过六点钟。"我才知道已经六点钟了。

伊　我自己也是那个时候回来的。维司脱牌打得好不好？哈，哈，哈！

阿　哈，哈，哈！老实说，我甚至梦见了打牌的情形。

伊　哈，哈，哈，哈！我一看，他把 King 摆上，是什么意思？我手里有三倍的红心 Queen，而且我早就看到罗吉央·费道赛维奇没有同花的牌了。

阿　第八场牌斗得最长。

伊　是的！（沉默一会儿）我尽向罗吉央·费道赛维奇挤眼，叫他发将牌，——他不肯。只要一发下去，——我的铲形的 Jack 就可以吃了。

阿　不对，伊凡·彼得洛维奇，Jack 不能吃的。

伊　能吃的。

阿　不能吃的，因为您无论如何抢不到手。

伊　罗吉央·费道赛维奇有铲形的 7，——您难道忘掉了吗？

阿　难道他有铲形的牌吗？我有点不记得。

伊　自然他有两张铲形的牌：一张 4，他配给 Queen 了，还有一张 7。

阿　不对。伊凡·彼得洛维奇，他不会有一张铲形的牌的。

伊　哎哟，我的老天爷，阿历山大·伊凡诺维奇，您这话对谁说呀！有两张铲形的牌！我现在总记得：4 和 7。

阿　4 是有的，——不错；但是 7 没有。否则，他会发将牌的；您自己可以承认，他会发的，是不是？

伊　真是的，阿历山大·伊凡诺维奇，真是的！

阿　不对，伊凡·彼得洛维奇。这是完全不可能的事。

伊　是这样的，阿历山大·伊凡诺维奇！最好我们明天到罗吉央·费道赛维奇那里去。您同意吗？

阿　好。

伊　我们当面问他，他手里有没有铲形 7 的牌。

阿　好的，我不反对。但是您想一想，罗吉央·费道赛维奇的牌斗得这样坏，真是奇怪。不能说他这人是没有脑筋的。这人的一切举止是极细致的……

伊　还加上他是消息灵通的人！——这种人，我们私下说起来，在俄罗斯是少有的。您到大人那里去过没有？

阿　去过了。我现在就从他那里来。今天早晨有点凉。您知道，我有穿麋鹿皮的紧身短衫的习惯：它比法兰绒的好得多，并且不太热。为了这件事情，我特地穿上皮大衣。我到大人府上，——大人还睡着。后来我等到了。于是就谈论这个、那个的事情。

伊　没有讲起我来吗？

阿　也讲起您来的。并且还是极有趣的谈话。

伊　（活泼起来）什么？什么？

阿　让我顺着次序讲下去。这是极有趣的事情。大人问我常到什么地方去，为什么许久没有看见我？他还愿意知道昨天晚会的情形，有什么人到场。我说："到场的有保罗·格里郭里维奇·鲍尔曹夫，伊里亚·佛拉地米洛维奇·蒲蒲尼城。"大人听我说一句话，跟着就说："呣！"我说："还有一位，大人熟识的……"

伊　这人是谁？

阿　你等一等！您以为大人怎样说？

伊　不知道。

阿　他说："这人是谁？"——我回答："就是伊凡·彼得洛维奇·巴尔苏阔夫。""呣！"——大人说，——"这是一个官员，并且……"（举眼向上看）您这里的天花板画得很好看：房东花的钱？还是自己的钱？

伊　不，这是公家的房子。

阿　很不坏，很不坏。篮子，竖琴，周围是干面包，小鼓，铜钹，很自然，很自然！

伊　（不耐烦态）大人说什么？

阿　是的，我竟忘记了。他说什么？……

伊　他说："呣！这是一个官员……"

阿　是的，是的；他说："这是一个官员，……在我这里当差。"以后的谈话没有什么趣味，开始讲平常的事情。

伊　以后没有提到我吗?

阿　没有。

伊　(自言自语)暂时还不大多。我的老天爷!假使他说:"巴尔苏阔夫先生,为了某项、某项的功劳,我已经呈准颁赐勋章。"

三

上场人物施莱台尔。(向门外窥看)

伊　进来吧,进来吧;不要紧,请进来,什么事,报告吗?

施　签字。这里是一件给院里的公函,还有给厅长的呈文。

伊　(读)"……谨呈厅长……"这是什么?这张纸留的天地不齐整。这是怎么回事?您知道不知道,这样子您要吃官司的?(深刻的眼光投向他身上)

施　我对伊凡·伊凡诺维奇说过:他对我说,部长不会看到这类琐碎事情的。

伊　琐碎事情吗?伊凡·伊凡诺维奇这话说得不错。我自己也以为,部长不会看到的。但是忽然看到了,便怎样?

施　可以重写;不过时候晚了。您既然自己也说部长不会……

伊　不错!这是实在的话。我和您完全同意:他不会做这类琐碎事情的。但是假使他忽然想看一看：天地上留的地位大不大，那便怎么办？

施　既是如此，我就去重写。

伊　怎么叫“既是如此”？我对您好好地说话、解释，因为您受过大学的教育。同别人我决不费许多话。

施　我所以敢说，是因为部长……

伊　等着，等着！这是真实的话：我不和您做分毫的辩论。部长永远不会看一看，甚至不会想起这类事情的。但是忽然……那时候便怎么办呢？

施　我去重写一张。（下）

四

伊凡·彼得洛维奇与阿历山大·伊凡诺维奇。

伊　（耸肩，转向阿）脑筋里还是有风旋转着！一个体面的年轻人，新近大学毕了业，但是这里面（指额角）没有东西。您不能想象到，尊敬的阿历山大·伊凡诺维奇，我需要多少劳动把这一切秩序树立起来。您瞧一瞧，我当时接下这个差使的时候是什么情形！竟没有一个办事员会整整齐齐地写一个字母出来的。你瞧：有的人把 K 字放在另一行上去；有的人在前一行写一个“大”字，另一行写“人”字。总而言之，这真是可怕！巴比仑天翻地覆的现象！现在您看这件公事：多美丽！多好！灵魂上的快乐，精神上的胜利。至于秩序呢？——秩序井然！

阿 您的官职是所谓血汗换来的！

伊 （叹气）真是血汗换来的。有什么办法？我就是这样的性格。我如果自己肯去钻营，现在还能成为这个样子的吗？我的胸脯上会容不下挂勋章的地方。有什么办法？我办不到。我时常从旁边发出暗示，说些暗语，但是直说出去，直接为自家有所请求……不，这不是我的事情！别的人不断占着上风……但是我就是这个性格，我可以把身份降低到任何的地位上去。却永远不能做卑鄙的行为！（叹气）我现在只希望一桩事情……能在颈上挂一个勋章才好呢。并不因为这使我感到什么兴趣，却只是因为可以证明上司对我的注意。我要求您一件事情，宽宏大量的阿历山大·伊凡诺维奇，有机会的时候，随随便便地对大人暗示一下，巴尔苏阔夫的办公厅里很有秩序，任何地方遇不到这种样子，或是这一套的话。

阿 如果有机会，我极喜欢……

五

上场人物与卡德邻纳·阿历山大洛夫纳。（伊凡·彼得洛维奇妻）

卡　（看见阿历山大·伊凡诺维奇）喂！阿历山大·伊凡诺维奇！哎哟！我们长久没有见面了！您忘记我了！娜泰里亚·礼米尼士娜怎么样？

阿　上帝保佑！还好！但是一礼拜前害了一场病。

卡　唉！

阿　心窝下面的胸脯里又痛，又压紧。医生开了清导的药方，贴雏菊和阿靡尼亚合成的膏药。

卡　您可以试一试类似治疗法。

伊　想一想文明会达到这种程度，真是奇怪。卡德邻纳·阿历山大洛夫纳，你谈起这种类似治疗法。新近我看过一出戏。您瞧怎样？有一个男孩，身材这么长（用手表示），不到3岁。您瞧他在柔细的铁绳上跳舞才有趣呢！我正经地告诉您，我竟骇得喘不过气来。

阿　梅拉司唱得很好。

伊　（意义深长的样子）梅拉司吗？是的！带着极大的情感表演者！

阿　很好。

伊　您没有留神到，她做这种功夫做得很巧妙……（手在眼睛前面旋转）

阿　她就是会做这种功夫。但是快两点钟了。

伊　您往那里去，阿历山大·伊凡诺维奇？

阿　是时候了，我还要在吃饭以前到三个地方去转一转。

伊　那么再见吧。什么时候我们再见？是的，我竟忘记了：我们明天到罗吉央·费道赛维奇那里去不去？

阿　一定去！（鞠躬）

卡　再见吧，阿历山大·伊凡诺维奇！

阿　（在仆室内，披上皮大衣）我最看不起这类的人。什么事情也不做，只是发胖，装出他是了不起的人，一会儿做成了这件事，一会儿改良好那件事，——真有德行！还想得这东西！还想得勋章！他是会得到的！这骗子是会得到的！会得到的！这类人永远会成功的。至于我呢？我在职务上比他的资格老五年，却至今还没有得到勋章。真是讨厌的面貌！并且他的身体极松软；他并不打算做什么事情，只是为了摆出上司的注意的样子罢了。他还求我替他说话！是的，他竟求到我的头上来了！我要对你好好地帮帮忙，让你得不着勋章！你得不着的！你得不着的！（他用肯定的样式，几次用拳头叩响手掌，走下去了）

打官司

书斋。

一

波罗莱托夫，秘书（独坐沙发上，不断打噎）

波　　我怎么啦？好像要打饱噎！昨天的饭还留在喉咙里。那些蘑菇和冷牛肉汤！……吃呀，吃呀，不知道要吃多少东西！(打噎)来了！(打噎)又来了！(打噎)又来了！(打噎）现在是第四次！滚它的蛋，第四次了。再念一念《北峰》，看里面有什么东西？《北峰》报看得我腻死了：和嫁不出去的老处女一模一样。（读着喊出声来）克拉赫马诺夫得了勋章！那个彼得罗士卡·克拉赫马诺夫！他那样小的时候，（以手表示）我自己把他送进士官学校里的。(续读下去，瞠目发喊）这是什么？这是什么？莫非是蒲尔菊阔夫吗？是的，保罗·彼得洛维奇·蒲尔菊阔夫，他升官了！真是的！一个贪官，两次受了审判，父亲是贼，盗用公款，极卑鄙的人，哪里都找不到这类的人！居然会升官吗？而且是全世界的人都把他看做直率性子的人！坏蛋！他说："蒲赫铁立夫的案子裁决得不对，大理院[1]没有弄明白。”他这人真是混蛋，明知我可以分到两万，而他没有份儿！像一只狗站在干草上面：自己不吃，也不许人家吃。我知道你的，你去愚弄别人吧，在别人面前装腔吧。我听得一点关于你的事情。懊悔看了报：看一下子，——就感到烦恼，怨毒，——别的没有什么。喂，安德烈！

二

仆　（入）您有什么吩咐？

波　把这报纸拿走！你拿这报送来做什么？有什么意思？真是傻子！（安德烈将报纸取走）蒲尔菊阔夫，这人是什么东西？这种人是不必多说废话，应该把他遣送到加姆察特卡去的。说实话，我真喜欢给他使一点坏，哪怕立刻就办，但是至今还没有机会。有什么办法？上帝发了怒。我可以抚摸你，在你的嘴唇上抹点油。嘴唇是什么样子的！嘴唇和公牛，和恶党的一样！

仆　蒲尔菊阔夫来了。

波　什么？

仆　蒲尔菊阔夫。

波　你为什么尽胡说！

仆　是的。

波　你胡说，傻瓜！蒲尔菊阔夫，保罗·彼得洛维奇吗？

[1] 高等法院。——译者注

仆　不，不是保罗·彼得洛维奇，另外一个人。

波　怎么另外一个人？

仆　请您自己看：他在这里呢。

波　请吧。

三

波罗莱托夫与赫里司托佛·彼得洛维奇·蒲尔菊阔夫

蒲　我惊吵您，对不住得很。环境和事务逼迫我离开小城。我来当面请求帮忙，保护。

波　这真是另外一个人；却有点相像。（出声）有什么吩咐？有什么地方可以给您效劳？

蒲　（耸肩）有点事情，关于打官司。

波　打官司吗？同谁？

蒲　同我的亲兄弟。

波　先请问您的贵姓，以后再解释您的事情。请坐。

蒲　敝姓蒲尔菊阔夫，赫里司托佛·彼得洛维奇。现在要同保罗·彼得洛维奇·蒲尔菊阔夫，我的亲兄弟打官司。

波　您怎么啦？怎么回事？不会的！

蒲　为什么您对我瞪着眼睛？您以为我想白白地离开唐保夫，在邮车上颠踬吗？

波　上帝祝福您做这种好事情！让我和您结识得亲近些。比这事情聪明些的您是永远再不会想出来的。尽管现在说，世上没有公理和宽大的心肠，然而这是什么？

亲兄弟，有血统和同胞的关系，也不能原谅！和哥哥打官司！让我拥抱您一下。

蒲　我自己应该拥抱您，为了您具有这样的好心！（互拥）以前我看着您的面貌，怎么也想不到您是明白道理的人。

波　这才有趣呢？这是什么意思？

蒲　这是正经的。我请问您：您的去世的令堂太太怀您的时候，是不是曾经受过惊吓？

波　你怎么尽说些乱七八糟的话？

蒲　不，我对您说，你不会不满意的，这是时常发生的事。我们这里有一个议员，他的整个的下半部的脸是一只羊脸，好像割了下来，长出茸毛，完全和羊一般。而这事起因于一段不大的情节：原来他的母亲生他的时候，恰巧一只羊走近窗旁，魔鬼促使它叫了一声。

波　把议员和羊的事情抛在一边！……我真是高兴！

蒲　我能得到您的保护，更是高兴！现在我开始审视您，看出您的脸仿佛是熟识的：我们骑枪营里的中尉，很像您，和您长得一模一样！他是可怕的醉鬼，我对您说，他没有一天不把他的脸碰破的。

波　（向旁言）这只小县城里的狗熊显然完全没有管住他的舌头的习惯。他的心里无论有什么乱七八糟的事情，全会到他的舌头上去的。（出声）我的时间不多，请您开始谈正事吧。

蒲　坐着是讲不尽的。这件事情很特别，您知道不知道，在乌司邱司基县里有一个女地主叶夫道基耶·马拉费夫纳·梅里诺瓦？不知道吗？好的。她是我和我的混账兄弟的嫡亲姑母。她的最近的继承人是我和兄弟。您瞧：事情就出在这个上面！此外还有一个姊姊，就是嫁给博瓦连塞夫将军的：对于她没有什么话可说，她早就取得了她应得的部分。就是这个骗子，我的兄弟，——他配得上做魔鬼的师父，——他走到她面前，说道："姑母，您已经有70岁了。您这样大的年纪，何必自己再管理家务；最好让我来保护您，让我来养您。"您瞧！您注意！您注意！他竟搬到她的家里住着，支配一切事情，像真正的主人翁一样。您听着没有？

波　我听见的。

蒲　好极了。后来姑母病了，什么病，——谁也不知道，也许他暗中塞给她什么东西吃了。有人从旁告诉我。您注意呀！我一到那里：我的混账兄弟在外室里迎接我，满脸全是眼泪，感动地说："哥哥，你我一辈子成为不幸的人，我们的女恩人……"——"怎么？已经归天了吗？"——"不是的；快死啦。"我走进去，果真，姑母躺在那里，眼睛转动着。怎么办？哭吗？没有用。是不是没有用？

波　没有用。

蒲　有什么办法？没有办法！这显然是天命！我走过去，我说："姑母！我们都会死的，唯有上帝对于我们的生命有决定的权利，不是今天，便是明天他将行使他的权力。所以您要不要预先安排一下？"姑母怎么样呢？我瞧她已经不会转动舌头，只是说："唉……唉……唉……唉……"我的坏蛋兄弟站在她的床铺附近，说道："姑母用这个表示已经安排好的意思。"

您听见没有？您听见没有？

波　他是这样的！难道她说过这话吗？

蒲　说什么！她只说：“唉……唉……唉……”我一直追问下去：“请问姑母，怎么样的安排？”姑母又回答道：“唉……唉……唉……”那坏蛋又说：“姑母说，一切处置全写在遗嘱上面。”您听着！您听着！我有什么办法？我再也不说一句话。

波　但是请问：您为什么当时不揭破他们的虚伪的话？

蒲　哪有什么办法？（挥手）他开始赌咒说她确乎是这样说的，——我也就相信了。

波　遗嘱拆开来没有？

蒲　拆开来了。

波　怎么样？

蒲　是这样的。等到一切都照基督教的仪节执行了以后，我就说现在是不是应该朗诵死者的遗言。我的兄弟一句话也说不出来：那种悲哀，那番绝望，摆得真有样子！他说：“你自己拿去读吧。”证人们召集拢来，读起来了。您以为这遗嘱怎样写的？那是这样的：“我侄保罗·彼得洛维奇·蒲尔菊阔夫克尽子职，生前孝事我，时刻不离，”——您注意，——“故将我在乌司邱司基县一应祖传暨自行购置地产，山林等，又略维慈司基地方农奴五百名，一并遗留给他。”喂！您听见没有？“侄女，玛丽亚·彼得洛夫纳·博瓦连赛瓦，（氏姓蒲尔菊阔夫）名下应得农奴百名之村庄一所。”“此外，”——您瞧！注意着！真正的毛病到了！——“我遗与我侄赫里司托佛·彼得洛维奇·蒲尔菊阔夫以作纪念之物品如下：毛织女裙三条，暨存置堆房全部什物：计绒毛褥两件，磁碗碟全套，被褥，头巾等物……”还有不知多少乱七八糟的破布！您觉得怎么样？我问您：毛织女裙给我有什么用处？

波　他真是骗子！他真是可以的！

蒲　欺诈行为是对的，我同意您的话；但是我问您：我要这毛织女裙有什么用？我收了下来怎么办？难道往自己头上套吗？

波　上面有证人签字吗？

蒲　自然喽！他找到了几个坏蛋。

波　是死者亲自签字的吗？

蒲　确是她签的字，却不知道怎样签法的。

波　怎么样呢？

蒲　死者的名字叫做叶夫道基耶，但是她写得那么乌糟，竟分辨不出来。

波　究竟怎样呢？

蒲　不知道是怎么样！她应该写“叶夫道基耶”几个字，但是她写了“浸湿了吧”几个字。

波　这是怎么回事？

蒲　我对您说，他做一切事情都是这样狡猾的。“毛织女裙三条遗与吾侄赫里司托佛·彼得洛维奇。”

波　（向旁言）然而保罗·彼得洛维奇·蒲尔菊阔夫确是好汉：我怎么也想不到他会这样狡猾的。

蒲　（摆手）“浸湿了吧！”这是什么意思？“浸湿了吧！”决不会是她的名字的吧？

波　现在您打算怎么办？

蒲　我已上呈请求取消遗嘱，因为签字是假的。他们不应该胡闹：死者的名字是叶夫道基耶，并不是“浸湿了吧”。

波　好的！让我现在来着手办这件事情。我立刻寄一封信给一位相识的秘书，您先替我把遗嘱的副本弄一张来。

蒲　真是说不尽地感谢您！（取帽）应该朝哪个门出去，——朝那个呢，还是朝这个？

波　请走这个门。

蒲　对的！我所以问，是因为我还有用处。再见吧，尊敬的……您的大名是什么？我老是忘记。

波　阿历山大·伊凡诺维奇。

蒲　阿历山大·伊凡诺维奇！有一个波罗里居阔夫司基的名字也叫阿历山大·伊凡诺维奇，您不认识他吗？

波　不。

蒲　他住在离我的村庄五俄里的地方。再见吧！

波　再见吧，尊敬的，再见吧！

四

波罗莱托夫与仆人

波　真是意料不到的宝藏！真是礼物！是上帝打发来的。说来奇怪，心里感到一种莫名其妙的愉快，好像妻子头产生了一个儿子，或是部长在拥挤的衙门里，当着全体官员面前和你接吻。真是的，一种磁铁一般的东西！喂，安德烈！（安德烈入）你到我的秘书那里去请他来。你听见没有？等一等：给你一点钱喝酒，喝得醉醉的，像醉鬼一般，——为了今天的这个机会我允许你喝；还有一点钱给你的儿子买糖吃。你对秘书说，请他立刻就来：有极重要的事情。好容易盼到了！快乐也会轮到我们的头上来的！你等一等，现在我就要着手演奏，看一看你怎样跳舞！假使从我的认识的朋友中间，能集成一个乐队，那么你可以给我跳舞，跳得你的腰一辈子也歇不过来。

仆　室

一

戏台是一间前室。右面是通楼梯的门，左面是通大厅的门。后帘上也有一扇门，位置稍斜侧，是通书斋的。靠墙有一只长椅，一直到门边。彼得，伊凡和格里郭里坐在上面睡觉，头互枕肩上。楼梯的门上铃声大震。众仆惊醒。

格　快去开门！有人按铃呢。

彼　你为什么坐在这里？你的脚上长脓包了吗？不能立起来吗？

伊　（挥手）这么说来，让我去，让我开门吧！（开门，惊喊）安特留士加来了！

别家的仆人头戴制帽，身穿大衣，手持包袱而入。

格　莫斯科的乌鸦！哪阵风把你吹来的！

别家的仆人　你这猫头鹰！你像我这样跑跑看。你瞧！（举起包袱）她打发我把这送到彼得堡区的鲜花店里去。二角五分的马车钱都不肯给。还派我到你们的老爷这里来。怎么，还睡着吗？

格　谁？狗熊吗？不，还没有从熊洞里发吼声呢。

彼　听说你们的太太叫你们补袜子，对不对？（大家笑）

格　老兄，你现在成为织袜女工了。我们就要这样称呼你。

别家的仆人　你胡说。我从来没有织过。

彼　你们那里是大家都知道的！一个农仆饭前是厨子，饭后成为马夫或仆人，要不就缝靴子。

别家的仆人　那有什么？学手艺是没有害处的。不能坐在那里，不做一点事情。自然我是仆人，同时也是女装裁缝。我给太太缝，也给别人缝，——借此得点钱。你们怎么样？你们一点事情也不做。

格　不，好的主人家里的仆人是不做工的，另外有匠人在那里做。蒲尔金伯爵家里光只仆人就有三十个。那边不能就这样说："喂，彼得鲁士卡，你到那边去一趟。"他会说："不，这不是我的事情；请您吩咐伊凡好了。"就是这样子的！那就是说主人想生活得像一个主人的样子。你们那位小妇人从莫斯科搬来，马车像一只咬碎的胡桃，马尾巴上系着绳儿。（大家笑）

别家的仆人　你这好取笑人的东西！你每天躺在那里做什么？你手里一个钱也没有。

格　你的钱对我有什么用处？主人在那里做什么？他会发给我工钱，我做工或不做工都会给的。我为什么要积钱养老？假使主人不发给仆人养老金，那还成为什么主人？

别家的仆人　听说，伙计们打算开跳舞会，是不是？

彼　是的，你去不去？

别家的仆人　那怎么叫做跳舞会？不过是跳舞会的名目而已。

格　不，老兄，跳舞会是很热闹的。每人至少捐一个卢布。侯爵的厨子捐五个卢布，自己预备吃食。有各，种东西吃的，——不但只是一些瓜子！已经买了半普特的糖果，还有冰淇淋……

　　主人的书斋内发出细柔的铃声。

别家的仆人　去吧！叫铃呢。

格　　他会等一等的。还要放焰火。想雇乐队，讲了讲价钱，没有成功，缺少低音，否则更好呢……

书斋内铃声较前洪响些。

别家的仆人　去吧！去吧！叫呢。

格　　会等着的！你可以捐多少？

别家的仆人　这是什么跳舞会？这不过是那么回事罢了。

格　　把你的皮包解松点吧，你这织袜女工！你看，彼得罗士卡，你看他那样子……

手指触他的脸。这时候门开了，穿着晨服的主人拉住格里郭里的耳朵；大家从座位上立起。

二

主　人　你们这些懒货！有三个人，就是一个人从座位上立起来也可以！我拼命地拉铃，把带子都差一点弄断了。

格　　没有听见，老爷！

主　人　胡说！

格　　真是的！我撒谎做什么？

彼　　得罗士卡也坐在这里。老爷，那个铃真是一点也没有用的；从来一点也听不见。应该叫铜匠来一下。

主　人　那么去叫铜匠来好了。

格　　我已经对总管说过了。结果怎么样呢？对他一说，他还要骂的。

主　人　（看到别家的仆人）这是什么人？

格　这是安娜·彼得洛夫纳打发来的人，有点事情要见您。

主　人　有什么事？

别家的仆人　我们太太吩咐给您请安，还说她今天要到您这里来。

主　人　什么事？你不知道吗？

别家的仆人　我不知道。她只是说："你对费道尔·费道洛维奇说，我给他请安，一会儿，到他那里去。"

主　人　什么时候？几点钟？

别家的仆人　我不知道几点钟。她光是说，你对费道尔·费道洛维奇说，我自己要到他那里去……

主　人　好的。彼得罗士卡，快给我穿衣裳。我要出门。你们留神，——我任何人也不接见！随便什么人来，都说不在家！（下；彼得罗士卡跟下。）

三

别家的仆人　（向格里郭里）你瞧，挨到了吧。

格　（摇手）唉！这差使就是这样的！无论你怎么勤谨，——总要挨骂的。

梯旁门上铃响。

格　又有什么鬼钻来了！（向伊凡）你去开！为什么打哈欠？

伊凡开门。穿皮大衣的先生入。

四

穿皮大衣的先生　费道尔·费道洛维奇在家吗?

格　不在。

先　生　无趣得很。他不知道往哪里去了?

格　不知道，大概上衙门去了。贵姓?

先　生　你就说涅魏列沙金来过。很可惜没有相遇。你听见没有? 不会忘记吧? 涅魏列沙金。

格　连卡金。

先　生　（较明晰些）涅魏列沙金。

格　您是德国人吗?

先　生　什么德国人！就是俄国人：涅——魏——列——沙——金。

格　听见没有? 伊凡，你不要忘记：叶尔达沙金！

先生下

五

别家的仆人　再见吧，兄弟们！我也该走了。

格　　你究竟跳舞会去不去？

别家的仆人　以后再说。再见吧，伊凡！

伊　　再见！（出去开门）

六

女仆越仆室跑入。

格里郭里　哪儿去，哪儿去？看我一眼！（拉住她的衣裙）

女仆　　不成，不成，格里郭里·伯夫洛维奇！您不要拦我。完全没有工夫！（挣脱以后，朝楼梯的门前跑去）

格　　（目送她）瞧她那种走相！（笑）哈，哈，哈！

伊　　（笑）嘻，嘻，嘻！

主人入。格里郭里和伊凡忽然绷紧脸，态度变得严正，格里郭里从衣架上取下皮大衣，披到主人肩上；主人下；格里郭里立室中，手指挖掘鼻孔。

格　　现在有了空闲的时候：主人出去了，这不是很好吗！——不成，那个鬼，肚皮大的总管立刻会滚出来的。（幕后听见总管的喊声）

总管声　好像是上帝的惩罚：屋子里有十个人，哪怕有一个人去收拾收拾。

格　　大肚子又喊起来了。

七

腹大的总管入，两手挥摇，做出剧烈的姿势。

总　管　你们如果不怕上帝，应该怕一怕自己的良心。地毯至今还没有打扫干净。格里郭里·伯夫洛维奇，您应该给别人做一个榜样，但是您从早到晚一直在那里睡觉，您的眼睛竟睡得浮肿起来，真是的！您这样子完全是一个坏人，格里郭里·伯夫洛维奇！

格　　莫非我不是人，睡觉也不能睡吗?

总　管　谁说这话?为什么不能睡觉?但是不能整天的睡。就拿你来说吧，彼得·伊凡诺维奇！不说一句坏话，你真是像一只猪！真是的！你有什么操心的事情?只是擦干净两三只蜡台而已。你待在这里做什么?（彼得慢吞吞下）伊凡，简直该朝你的后脑上揍去。

格　　（下）唉，这生活，这生活！一起来，就喊嚷着！

总　管　（剩他一人）每个人应该知道自己的责任。既是仆人，就应该像仆人，贵族像贵族，主教像主教。否则每人都可以有所推托。……我立刻可以说："不，我不是总管，却是总督，或是步兵营的什么职务。"——就是这样的！"你的责任在于监督家庭的一切事务和仆人们的行为。"——就是这样的！"你决不能尽说些空话，客套的话，却应该弄好秩序，布置一切。"——

就是这样的！是的。

八

安奴士卡入，她是邻家的女仆。

总　管　啊，安娜·箔佛里洛夫纳！我看见您很高兴。

安　您不要费心，拉佛伦奇·伯夫洛维奇！我特地到您这里来坐一会儿：我遇到了您的主人的马车，知道他不在家。

总　管　好极了。我和内人是很高兴的。请坐呀！

安　（坐下）请问：您知道不知道，不久快要开游艺会啦？

总　管　知道的。那是大家的义务：一个人，两个人，三个人。自然这会成一笔大数。我和内人一共捐了五个卢布。那就是跳舞会，或者就是平常所说的晚会。自然还有东西吃，例如凉饮品。年轻人们可以跳舞，还有其他类似的娱乐。

安　我一定到的，我一定到的。我弯到这里来，就是问一下，您同阿格菲亚·伊凡诺夫纳去不去？

总　管　阿格菲亚·伊凡诺夫纳尽提到您呢。

安　我只是对于到会的人有点怕。

总　管　不，安娜·箔佛里洛夫纳，到会的人是很整齐的。不能说一定，但是我听说到场的有托尔司托古勃伯爵的侍仆，勃留霍魏慈基侯爵的男仆和马夫，某侯爵夫人的女仆……我想，还有几个官员会到的。

安　　我最不喜欢的是那些马夫，他们身上永远有酒或烟的味儿；而且他们全是那样无知识，愚蠢。

总　管　我应该报告您一下，安娜·笳佛里洛夫纳，马夫和马夫是不同的。自然，马夫照例离不开马，有时候还要清除马粪，恕我说出这种粗话；自然他们是普通的人，喝一两杯酒，或是因为他们的钱不够的缘故，抽一抽多半普通人使用的便宜烟丝，自然他们身上有时会发出马粪或烧酒的味道，——这自然是对的。但是您应该同意，安娜·笳佛里洛夫纳，有些马夫虽然是马夫，通常，大半还是马厩主任。他们的职务或所谓责任，就在于发放大麦或者在普通的马夫们有错的时候，加以责罚。

安　　你真会说话，拉佛伦奇·伯夫洛维奇！我永远听得很有趣。

总　管　（带着满足的微笑）不值得感谢的，小姐。自然喽，不是每人有话说，那就是说不是每人有辩才。自然喽，有时候也有……所谓结舌……是的，或者是其他相类的事情，天然发生的……您请到我的屋子里去坐坐，好不好？（安奴士卡下，拉佛伦基随下）